Colecção Literatura de Macau

澳門基金會 FUNDAÇÃO MACAU　中华文学基金会

·散 文·

自斟字唱

孟京 / 著

作家出版社

澳门文学丛书

总序

值此“澳门文学丛书”出版之际，我不由想起1997年3月至2013年4月之间，对澳门的几次造访。在这几次访问中，从街边散步到社团座谈，从文化广场到大学讲堂，我遇见的文学创作者和爱好者越来越多，我置身于其中的文学气氛越来越浓，我被问及的各种各样的问题，也越来越集中于澳门文学的建设上来。这让我强烈地感觉到：澳门文学正在走向自觉，一个澳门人自己的文学时代即将到来。

事实确乎如此。包括诗歌、小说、散文、评论在内的“澳门文学丛书”，经过广泛征集、精心筛选，已颇具规模。这一批数量可观的文本，是文学对当代澳门的真情观照，是老中青三代写作人奋力开拓并自我证明的丰硕成果。由此，我们欣喜地发现，一块与澳门人语言、生命和精神紧密结合的文学高地，正一步一步地隆起。

在澳门，有一群为数不少的写作人，他们不慕荣利，不怕寂寞，在沉重的工作和生活的双重压力下，心甘情愿地挤出时间来，从事文学书写。这种纯业余的写作方式，完全是出于一种兴趣，一种热爱，一种诗意追求的精神需要。惟其如此，他们的笔触是自由的，体现着一种充分的主体性；他们的喜怒哀乐，他们对于社会人生和自身命运的思考，也是恳切的，流淌着一种发自肺腑的真诚。澳门众多的写作人，就这样从语言与生活的密切关联里，坚守着文学，坚持文学书写，使文学的重要性在心灵深处保持不变，使澳门文学的亮丽风景得以形成，从而表现了澳门人的自尊和自爱，真是弥足珍贵。这情形呼应着一个令人振奋的现实：在物欲喧嚣、拜金主义盛行的当下，在视听信息量极大的网络、多媒体面前，学问、智慧、理念、心胸、情操与文学的全部内涵，并没有被取代，即便是在博彩业特别兴旺发达的澳门小城。

文学是一个民族的精神花朵，一个民族的精神史；文学是一个民族的品位和素质，一个民族的乃至影响世界的智慧和胸襟。我们写作人要敢于看不起那些空心化、浅薄化、碎片化、一味搞笑、肆意恶搞、咋咋呼呼迎合起哄的所谓“作品”。在我们的心目中，应该有屈原、司马迁、陶渊明、李白、杜甫、王维、苏轼、辛弃疾、陆游、关汉卿、王实甫、汤显祖、曹雪芹、蒲松龄；应该有莎士比亚、歌德、雨果、巴尔扎克、普希金、托尔斯泰、陀思妥耶夫斯基、罗曼·罗兰、马尔克斯、艾略特、卡夫卡、乔伊斯、福克纳……他们才是我们写作人努力学习，并奋力追赶和超越的标杆。澳门文学成长的过程中，正不断地透露出这种勇气和追求，这让我对她的健康发展，充满了美好的期待。

毋庸讳言，澳门文学或许还存在着这样那样的不足，甚至或许还显得有些稚嫩，但正如鲁迅所说，幼稚并不可怕，不腐败就好。澳门的朋友——尤其年轻的朋友要沉得住气，静下心来，默默耕耘，日将月就，在持续的辛劳付出中，去实现走向世界的过程。从“澳门文学丛书”看，澳门文学生态状况优良，写作群体年龄层次均衡，各种文学样式齐头并进，各种风格流派不囿于一，传统性、开放性、本土性、杂糅性，将古今、中西、雅俗兼容并蓄，呈现出一种丰富多彩而又色彩各异的“鸡尾酒”式的文学景象，这在中华民族文学画卷中颇具代表性，是有特色、有生命力、可持续发展的文学。

这套作家出版社版的文学丛书，体现着一种对澳门文学的尊重、珍视和爱护，必将极大地鼓舞和推动澳门文学的发展。就小城而言，这是她回归祖国之后，文学收获的第一次较全面的总结和较集中的展示；从全国来看，这又是一个观赏的橱窗，内地写作人和读者可由此了解、认识澳门文学，澳门写作人也可以在更广远的时空里，听取物议，汲取营养，提高自信力和创造力。真应该感谢“澳门文学丛书”的策划者、编辑者和出版者，他们为澳门文学乃至中国文学建设，做了一件十分有意义的事。

是为序。

2014.6.6

目　录
CONTENTS

最后但愿，憾事不会太多

工作需要，每天阅读大量的邮件和稿件，近乎享受地将自己浸泡在各式文字里。不时以第一读者的身份，回复一些发自肺腑的密语，现实交流亦逐渐被短信软件替代。可我始终觉得，活在人间唯一必须书写的，是遗言。那是骤然离世者对生者最无可替代的暖心安慰，偏偏这份迂回的温柔，难以告与人知。

每一刻都有生命无端与世长辞，不幸事件不会因为不去想就不发生，矫健活泼或会遭遇不测，清规戒律也能患上绝症，尘归尘，土归土，从不理你是否心甘情愿。即使此刻安好，仍会担忧翻阅新闻报章时，那些毛骨悚然的意外与你有关，可是谁都不能保证，下一回与你无关，尤其住在这座交通事故频繁发生的城市。

或许因为我们所能读到的遗言，大多是无路可走的人在绝望边缘时留下的怨念，所以忘了它原来可以充满好意，忘了猝不及防时它的重要，忘了它真正负载的意义，忘了太多的遗憾只因来不及填补，没有一种亏欠能够在死后归还。

过去几年里，我去了近十场丧礼，如今也已接受，不论任何生命，曾多威风多富足，最终亦无可避免地成为一具平凡的尸体。大自然不会佯装公平，唯这件事真正绝对。而我，仅希望那场若干年后的告别式，只有弟弟、现在的未婚夫及他的挚友参与。可以的话，把骨灰撒在海上。并请知情人尽可能轻地告知其他亲朋，除了那位暖如冬阳的男孩，那位永远都长不大的男孩。

倘若父亲尚在，一切当然依他所愿。

无所谓忌不忌讳，预早对在乎的人准备最后一次在乎而已。如果灵魂不灭，看到自己机关算尽，也算是一种勉强的圆满吧。真的不想厄运降临后，让那些装神弄鬼的敛财者、不学有“术”的三姑六婆、无所不知的是非精，为自己代言。

（文题取自歌曲《心路》）

分飞各天涯，但愿他日重逢

父亲为少买一对“鞋”而懊恼的时候，弟弟安慰说，妈收到“钱”会自己去买。

摆好祭品，献过香烛茶酒后，将不同面额的纸钱连同纸衣、纸金条、纸手袋、纸手表、纸 iPhone 等一一收归火中。父亲怕妈不会找换，什么都买一沓，每当烧到纸电话时总不忘提醒，有什么需要打给我啊。这样已经十九年了。

待它们烧成灰烬漫天纷飞，我便把妈的骨灰坛抹干净，轻轻捧回架上摆正。走时看见轮候拜祭的人分别拿着纸屋、纸汽车、纸笔电、纸麻将台、纸液晶电视甚至纸万宝路、纸 PSV、纸棋牌套装等慢慢挪前，规模堪比搬家。

信息爆炸，能相信的东西愈来愈少，纸扎品却可与时并进。不知多少人真心相信亡灵能收领化了灰的冥镪？

弟弟和我从不信，但父亲缅怀妈的方式需要我们陪他去完成。当一个孩子不再活得处处讲道理，大概就是懂得温柔的第一个标志；如果还能妥帖热情地配合，那么就是懂得去爱了，亦意味着思想开始日新月异地成熟。

弟弟缅怀妈的方式就是过早地成熟。读不成书也活得好，在我记忆中他不曾幼稚过、叛逆过、软弱过。犹记得小学三餐不继时，他能将白米炒成饭给我吃，撑到在香港搵食的父亲一月一次地回来。如今靠自己买了楼，很快就要迎娶相恋九年的女友。

《相思风雨中》是妈最爱听的歌，每回转身都仿似带着诀别的心情，直至大家都习惯并明白这种无力。亲人的死亡，本身就像一道炽烈深长的伤口，如烙印般刻入旁人看不见的肌理里。它绽放，它流血，它结痂，它愈合，它崩裂，周而复始。眼泪流尽，思念也不停歇；形貌模糊，爱亦不曾磨灭。原来，阴阳相隔才是世间上最笃定的一场海枯石烂。

某几个特定日子，我会播放这首歌。怀以强韧的心肠，进入平静之境，遥想如此简单的一个愿望，寒夜里“霜雪飘时，但愿花亦艳红”……

妈，我们现在很好，愿您也珍重。

（文题取自歌曲《相思风雨中》）

活到仲夏仍像秋冬

不知是我幸运，还是一种普遍存在的怜悯，我认识的男人都很体恤女人月经来潮的苦况。家事不用做，脾气随便发，酒也不必干，比对一般疾病的怜惜还深。

昨夜凌晨我又再次赤裸地接待了那撕裂的痛意，剧烈的迫击与紧缩连绵发作，就像一双十五厘米的爪子从腹部长出，泄愤般拖扯能触得到的器官，凶猛且复杂地在肋骨间穿梭缠绕，使我眩晕、苍白、疼痛难当、体温上升却感觉寒冷；下半身则像打了石膏，全身上下各自沉重，格外要命的是食物下肚就想呕吐，根本顾不得血是如何地流，不曾一战便几近灭顶。

其实两三年前的我是不懂的，那时只觉得矫情，种种表现不过使之成为最冠冕堂皇的请假借口，通常男老师、男上司皱一皱眉便批准。刚出社会时在一间特殊学校当助教，来经还能搬桌椅、执教具、整理图书，牵抱一群发展迟缓的宝宝上课，照样教他们跳跳舞吃吃饭。照料唐氏宝宝需要敏锐的洞察力，绝不容许半刻分心，呼吸仿佛都是悄悄的。后来我常想，那段日子被我视为最快乐的时光，其中一个原因或许是来经时不感到丝毫痛楚。

旧日的自己就是这么无知地混账，跟几天睡不好便以为懂得长期失眠之苦，几天过不好便以为懂得忧郁症的惨状，感情不顺便以为懂得婚姻失败的那些人，没有什么分别。人会尊重不了解的事物，多过貌似了解的事物，像男人看待月经。貌似了解容易使人自以为是，甚或去嘲笑，去轻蔑，去擅作评论，去胡乱纠正。

每个人天生的感知就不尽相同，早前网上疯传的一帧裙子相片，旋即把人分成蓝黑派和白金派，原来日日照面、共同生活的伙伴，看到的世界竟相差这么多。体谅是最有效的心灵药草，但说体会，便显得虚伪造作。

对那些未曾亲身经历过的苦难的幻想，大抵是一种一厢情愿的错觉。

无法表达得明白，不如安静。

（文题取自歌曲《花无雪》）

谁有胆设想这世间下场？

狗仔被掟落街、被殴打、被碾毙的画面一直在脑际萦绕，不只因为三宗事故都于近半月发生，网上频繁出现血淋淋的真实照片及伤心万分的愤怒留言，还因为想不明白与我们十分接近的香港和台湾，近年不断检讨修正《动物保护法》，使之跟上越来越多人视宠物为家庭成员的时代，台湾甚至于五年前已效法欧美设立“动物警察”，而本地却连法例都未落实，效率之低让人费解。

稍有良知的人都知道虐畜是何等错误的冷血行为，不论是为了获得快感、故意引起众怒、纯粹无聊发泄、童年创伤引致、人格违常、无心之失还是无知之过，都应该得到一定程度的责罚。试从我们的孩子的角度去思考，从牙牙学语开始被灌输猫狗是人类最好最忠实的朋友，要尽力保护它们，善待它们如家人；当孩子知道附近那么多脆弱的生命，无故遭受痛苦和杀害，但心中神圣的、绝对正义的、最可信任的执法机关却无所作为，对连日的举报似乎无动于衷，且无所不晓的父母和老师也不太能够解释，为什么残忍的暴行没有得到严惩，活在文明富裕的法治社会反而要靠“天谴”，让最基本的道德防线顷刻失守。不禁要问，在宠爱猫狗已蔚然成风的澳门，施行一条保护它们的法令，何以需要一拖再拖？

至于为什么不能吃它们而可以吃其他肉类，与剖鱼杀鸡是否同一层次，其实兔仔乌龟雀鸟也很可爱等问题，我只能感性地觉得，“众生平等”比“世界和平”更像一个不能实现的愿望，既然那么多经济动物可以选择，又何必食用让多数人听了难受、看了破口大骂的灵性宝贝呢？

（文题取自歌曲《六月飞霜》）

让那彩虹长桥无限伸展

挚友可能因为我的脸书大头贴没有换上彩虹色，而觉得我与他一样反对同性婚姻合法化，便毫不掩饰地表达他强烈的错愕、不解，还有痛心。

对于他的信仰，我一向尊重，所以唯有迂回地说，我男孩女孩都爱过，不是很懂为什么同性恋要被标签。如果性倾向并非百分百由性别来决定，如果人皆生而平等，人类社会为何迟迟不肯还给“同志”最基本的人权？

然后他再无言语。两人继续站在龙爪角猿人石附近的海岸径，仰望那条隐约可见的银河，任风声与浪声在沉默之中掀起诡异的暗涌。

如果首先表态的是我，把话讲得没有余地的，就会是我。

没有特别去纪念，因为近十五年里，七大洲中除了亚洲，都有国家承认同性婚姻，而美国是全球的第二十一个，我们何曾跟着他们走？澳门街法律落后得匪夷所思，为器官捐赠、保护动物、非礼性骚扰立法都那么难了。反而2005年高雄特意在谐音为“我爱你”的那一天，首度开放同性伴侣“阳光注记”，背后所释出的善意不但明确而且有用，首先宣告性别不该是相爱的障碍，使之变得平常是消除歧视的最好途径，不具法律效力也容易推行起来，台北果然很快就照做。

我倒是想知道，同性恋享有婚姻权对谁有切肤的负面影响？他们或会因为合法而出柜，但不会因为合法而变心。法律从不能绑住一颗心。而生育方面，更是一种杞人忧天的干涉，难道不能和深爱的同性结婚，便会随便找个不爱的异性繁殖？想和怎样的人过一生，决定谁去继承遗产、签那份重病急症时的开刀同意书、成为自己供款的保险受益人，竟不能按他们的意愿。凭什么服刑中的异性恋杀人犯、强奸犯、毒犯拥有的权利他们没有……

“看到吗？”挚友忽然打断我的思绪，将下巴轻轻贴在我的头顶说，“那样我们便能看到一样的风景，没有一起看到，多可惜啊。”一直以为沉默即冷战，是一种伤痛，一种冷漠；但那刻发现，原来可以是一种包容，一种风度。即使我走不进那道窄门，你进不来奇幻小区，仍然给予适当的尊重。有些观念真的很难改变，也许记住爱比世界大，就够了。

凌晨三点，一颗流星在夜空掠过。

（文题取自歌曲《黄色大门》）

当时机来到，我们没准备好

梁建婷在陈雅莉的镜头下除了美还值得怜爱。

一个心碎的第三者丢弃一切逃到北京再次成为第三者，回澳门几天就忍不住轻吻将要求婚的幼年玩伴的一连串背德举动，竟然在导演的处理下变得合理感人，可见《沙漏爱情》的功力之深。陈雅莉浓烈的个人风格同样充斥在她的另一部作品——微电影《幸福来电》中。一幕幕熟悉的情景带来呛鼻的共鸣，犹如在自家窗口凝视附近鲜活的灵魂。

而我不假思索就利用落场时间飞奔到永乐戏院花六十元观赏，仅是因为具有那么多澳门本土特色的作品太缺乏澳门观众。

其实每次我们的导演、音乐人、诗人、作家、画家、摄影师、设计师、魔术师等，在扬威海外时不忘说来自澳门，我都会怀着万二分崇敬，觉得他们真的很慷慨。他们在成功之时，把这个光环，套在可能多数人根本不知他们存在的地方上，日复一日，竭力输出，还没敢想回报。

如果这座城市的人，不因为不愿打一份牛工而冷嘲热讽，尊重除了赚钱之外的人生目标，懂得筑梦追梦的可贵之处，当他们彻夜不眠时不泼冷水，当他们艰苦奋斗时给予肯定，当他们遭受挫折时大力安慰，当他们为澳门争光前已以他们为荣，当外地人赞赏他们前已懂得欣赏，该有多好。

原定今天是《沙漏爱情》放映的最后一天，前晚永乐戏院突然宣布加开十场，我突然明白时机来到的真正含义。记得电影播放至尾声时，我在感慨人生中还能有多少个这样心动的一小时四十五分。对于喜欢的东西，从来不懂评价好或不好，因为无从挑剔，这让我忧伤，又让我想再看一次。

（文题取自歌曲《沙漏爱情》）

为何在那晚，我抱着你哭了

他说你别再想，别再想去加拿大，别再想去加拿大吸大麻，得绝症也不能羡慕那边得绝症的人合法自种大麻。他说你不配爱，不配做梦，邪恶的人不配拥有爱和梦，遗弃过一只狗不配拥有孩子。他说你多自私，把生死看得太轻易、太随意，有胡说八道的勇气却没有活好的勇气。他说你乱生事，心理是女的男人不等于生理是男的女人，爱上男人算同性恋，穿女装上女厕并不能视为需要，爱上女人算异性恋，身体对了灵魂就不必治疗。他说你不知足，不知根在哪里，不知人间疾苦，风雨不曾把你刮得鲜血淋漓，却堕落，却颓废，到底还要过多久这种破日子。他说你挺无能，把狗屁不通称作特别故意，把读不懂称作千人眼里千个哈姆雷特，又时常乱给结论，放错重点。他说你好肤浅，坦荡不是不带任何装备，把每一个想法都诉说，不是说走就走，不理众叛亲离，个性不好最好别坦荡，别人不喜欢你请不要发表意见，命在这里管你认不认。他说你真多余，非礼罪未正名轻轨未搞掂，交通问题一堆医疗水平堪虑，却异想天开反对无坚不摧的地产霸权。他说你像只妖，拚命逃却不懂得逃，家像星星一样遥远，一样的路却不一样遥远。他说你真错了，自杀就是自杀，没有死于精神病这说法，比死更苦亦不能自杀，神志不清亦不能自杀。他说你太悲哀，生活不是梦境，夜里还须深眠，所有麻醉得来的美好都没有意义。他说你大话精，别人知道你在骗仍继续骗，小剧场愈演愈烈。

（文题取自歌曲《他一个人》）

要有多坚强，才敢念念不忘

去了一趟陕西，记起自己是如何爱上书及爱上文学。

读大学之前极少与女性相处，如果不计班主任的唠叨，一天对话超过五句的几乎没有。是天生恐惧还是童年阴影已搞不清了，因为有关系的都不在世了。说起来很是羞愧，同学性别竟是高中选文理科的重要依据，打后的堕落很大程度是由这个幼稚的抉择造成。但在高雄生活那四年改变了我，迷迷糊糊考上师范中文，男女比例在某些科目是没有比例……实不容我少年如故，只是一开始不懂得圆滑婉转，逃窜得有点狼狈。

非常深刻第一个中秋，那些热情无比的台湾姑娘，知道我将独留宿舍便直接心碎，完全不听我解释这何等闲，争相领这异乡人回老家。唉，是实时流出眼泪的那种善良的心碎，认识还不到一个月啊。那一瞬间我简直对人类彻底改观。最后折中地跟了个帅气的体保生回台南看月光，我实在喜欢她，后因她人缘太好而疏远了她。

人群恐惧使我很快地想到一个两全其美的方法：去图书馆打工。但这空缺颇为罕见，大多被马来西亚侨生占据，他们总是非常团结地互通消息，不像港澳生各顾各的。且我只愿上架，不做柜台，待到寒假回来，才分得每星期四小时。幸而不难装出四十小时的模样，于是阿勃勒还未开，馆藏的三毛、古龙、韩寒，已没一本没读过，但那与文学无关，就像爱王家卫不等于爱电影一样。

将一切有特殊情结的书都翻过之后，我失去了方向。那时已是大二上学期末，又因修的是中学，每科均须背诵定量的相关古籍，对文字越发没有包容精神，洁癖严重得非爱即憎。也开始疯狂失眠。在不知如何打发的时光里，每天徒然多出……八个小时的伤感。

致使我更不厌其烦地搜罗辞藻绝美、情节残酷、画面感强、具中国风的现代小说，这在如今看来真是一种奢侈的消遣。终于，我遇到了葛亮的《谜鸦》。那个能随心驾驭文字的天才所布出的完美阵势，完全符合我当年的美学标准，所以很自然、很安静地，夜夜读得接近于醉。

我要不断寻觅能够爱的东西，然后一往无前地虔诚爱他们。我怕乱七八糟的世界和窘迫的生活把我撕解。但无论挖过多少更深更美的坑，也不能取代让我第一次将自己埋进去的那个坑。书和电影，画和音乐，美酒和人，最初爱的，永远美好。那些东西在不可重来的岁月里，渐成一个无底无形的栖身之所，好使我迷失时纵身一跃，去获得那踏实的安宁，记起自己的形状。

《谜鸦》是吸引我躺入文学的第一个坑，吃喝玩乐自此不能与阅读相提并论，而当时并不晓得，消遣变成需要其实等于上了瘾。直至深感要戒……有些坑我跳进去后没能完好地爬出来，比如太宰治，比如策兰，比如顾城。作品本身不具杀性，就是容易使人肆无忌惮地吞，带着五内如焚的不明白。

可是我在陕西遇到葛亮，竟完全说不出话。难道命运安排他七天坐在与我最近的位置，是为了让我七天不说话？近半年用得最多的开场白大概是久仰大名，这句话若是真心也挺动听，但他分明与别不同，还是先平复那怪异的情绪为好。然后，想得太出神，我坐到他的位置去了。幸好他如《七声》的毛果般平易近人。忐忑了三天，终于在一件精巧庞大的青铜器前表了白。因而有点迷信古物能修缮骨魂。

以为打后会顺理成章地语无伦次，但不知怎的依旧说不出话。我想我对认同的人是无话可说的。他也不多话，通常是对眼见的景物有感而发，如博物馆的唐墓壁画、法门寺的舍利、古村的貔貅门墩。说的时候会问我有没有听懂。到我真有不懂的创作疑惑，已是回程前的最后一夜。于是按捺着人群恐惧，跟他与几位香港朋友去吃消夜。深感喝多少西凤都问不出的时候，便没有告别地悄然离去。

隔了几天，我发了个微信，那时刚借完书，纯属忽来的好奇。长颈鹿何以吸引你呢？他覆，草食，安静，高瞻远瞩。

啊，这又多么像他。如一地期待《北鸢》问世。

不觉已读他，不觉已爱文学，九年了。

（文题取自歌曲《当时的月亮》）

那些抓也抓不住的才是真的

我所理解的爱情是，两个人一起，最好呈现相对静止的状态。不献世，不揭穿，不索取，不控制，不许假诺，不胡思乱想。将对方视作唯一而非可以数算的第一。牵挂时陪伴，痛苦时相随，烦时不打扰，热情不再便转身离去，但发生过的不会抹去。

简单得不用一百字就说完了。我常常想，世间最美好的依靠，是不怕外间风雨，不需法律约束亦能找到一个安稳的支点。静静相守，内心珍重而不说永远，永远加在任何情话里，语气多真挚都像个谎言。不用谈身份，不必讲关系，悄悄使对方过得更好，给他温暖，以他为傲，却不视作炫耀的资本。

感到被困便挣脱，在成为劫难之前便远远绕道，出现伤害便终结。如果命运狠狠地愚弄过你，能操控时绝对要小心翼翼。我不是高尚的人，会贪欢，有逃跑的余地便不介意堕地，却更多时候只求完好，喜欢怀念多过相对，喜欢安然地欣赏枯萎，感受每一个腐朽的细节而不去营救。

……一个人到底有多抗拒婚姻，才会说出这番让人不齿的话呢？

即使说好不摆酒，不改变现状，不生孩子，不用理会那数十个亲戚，放任我过不归家的生活，依我所好订一个淋漓尽致的避世计划，加快速度去实践，对十年来的付出丝毫不悔，在大错特错时依旧给予包容和温柔。只护，始终。我仍然没有勇气去签那张纸。明明非常肯定不可能有更适合的了。

每个拖延时刻，放弃一切的欲望就变得无比真实。

我爱他。但不知道是什么，使我如此惧怕。

（文题取自歌曲《我爱你》）

失宠后不往后退

生活像幻觉，过去的生活更像。唯有直视世间的残酷时，没资格这么觉得。难道好意思对着活生生的悲剧说，你正遭受的苦难只是假象？每当我有饲养宠物的念头，便会徘徊在镜湖殡仪馆旁的市政狗房内，靠近那些可怜的生命，想，一时冲动所造成的伤害是多么深，及自己到底有多大把握，在任何情况下，也绝不将它往那里送。

被关在名为“星期一”“星期二”“星期三”“星期四”“星期五”“星期六、日”的笼子里的狗几乎是绝望的，完工的地盘不再需要它们的固守，而原本有用的吠叫只会使所剩无几的日子更加无几；被关在名为“放弃犬只”的笼子里的狗总是格外哀伤，每当有人经过都会打起精神地把头抬起，确认并非苦苦等候的那位便失落得一塌糊涂；被关在名为“可领养犬只”的笼子里的狗多数瑟缩一角，仿佛摇尾乞怜亦是难以为情的过分奢求；被关在“特别笼”里睡得四脚朝天的格力犬特别讽刺，它极有可能是本月最幸运的用完即弃的工具之一，毕竟可安稳出现在逸园赛狗场以外的赛狗寥若晨星……

无法回到过去了。或许它们在接受这个事实之前就已死去。但弃养者们有勇气或有兴趣打探吗？你一不喜欢，一条热爱你的生命便立即卑微得如同一件毫无必要珍惜的玩物，即使你无视它、折磨它、饿它，仍天真得设法不往后退；你一不要，那条从不介意你任性愚昧的脆弱生命便瞬间变成麻烦的垃圾，差别只是被丢在街上还是狗房，你甚至自私得不去考虑那些动物协会和义工团。

失去爱的狗可能不太好看而且又脏又笨，不过无限的例子可以证实，一伙善良的心能将之渐渐改变。如果非得要特定种类，很遗憾的是大概等等就有，浏览人道毁灭犬的统计资料便知，留得的基本上是最有机会被认养的名种狗，我曾见过一只阿富汗猎犬跪在笼里很久、很久……不要再购买了！请你大发慈悲地等等它、看看它、选选它。

（文题取自歌曲《宠物》）

哪怕没有办法一定有说法

在刚学会打字那绝顶年轻时，我意乱情迷地沉溺于网上交友聊天室，又因工于心计的假仁假义而获得管理员一职，深觉可以看到所有人的悄悄话，真是非一般的好玩。但当然，绝对没有上月火速爆红又火速下架的社群交友 App“17”好玩。除非你是一个具深度的浪漫偷窥狂。

聊天室大约维持在半百人，可荧幕上不会显示太多对话，通常用户一进来，呼唤两句如“有冇十七至二十岁靓仔”“瞓唔着唔开心”就私聊去了。有条很好的规则是三分钟没动静便被踢走，受冷待自然心知肚明。由于寄宿亲戚家无权关掉恶心神剧，该时段我总特别专注于管理，发现一名绰号“断肠人”的用户十分“该煨”，他竟能同时与近十女生私聊，并就各人喜好分裂成近十性格。情意绵绵、淋漓尽致的扮演精彩得使我顿时抑制住拆穿的欲望。

“马致远可会这么庸俗，是‘断肠 / 人在天涯’啦。”胡扯的开场白即得到“有道理”的响应，他马上离开聊天室，不出三秒以“天涯断肠人”进来尽显专业。“各让一步可好？”印象中这是他第一次当众说话。接着一堆疑问句蜂拥而至，才托赖没有公器私用。

唉，天底下，多少敌意因相似而弥坚。

我故作天真地点了下他的新网名讽刺道：“远近高低各不同。”

谁知这人目空一切：“他朝君体也相同。”

（……回忆至此如酒烧喉，像做了一场成谶方被记起的预知梦。本想借社交软件的发展表达感官所渴望的刺激，愈来愈片面却愈来愈难以满足，及旧日的寂寞并不可耻，但一只惊鸟已叫不出声。）后来战略游戏《世纪帝国》兴起，被同班同学于基地旁建成耻辱性的“世界奇观”，我才离开那扰人之地，回到同龄朋友圈联群结党，修心养性地合作采集资源发展科技。滑稽的是，那些学年的书法堂上，还一遍遍地临摹柳公权书《金刚经》，凡所有相，皆是虚妄。

（文题取自歌曲《白痴》）

怎么度，怎么量

一

许多时候，使用笔名是为了隐藏，但更多时候是因为羞愧。

总是觉得，有资格写报刊专栏的，只有模范人类或文化尖兵。

就算知识不够渊博，雄辩不够滔滔，触觉不够敏锐，头脑不够聪明，思路不够清晰，至少也得拥有正面人生观或善良心肠。

当我回想，此处写的文字是否适合走入学校，走到家庭，走进机构，走上飞机。猛然发现，就算人生十有八九不如意，入腹酒十有八九为应酬，亦不够凑来的字数十有八九不见得人尴尬。

讲真，越扮什么越不像什么。没有一副皮囊能穿得漂亮。

惨就惨在尴尬了几个月，仍要等到越过截稿后的那个凌晨才有落笔的动力。

……爱拖延还交不出好东西的人就应该羞愧。

二

写小说却是完全不同的概念。无语凝噎也未尝不是一个漂亮的收鞘。

就算有更严苛的字数限制，也可让我发明的情人，在虚构世界将结束时微酣地念，缺月昏昏，漏未央。

更糟糕的构思都不会使我羞愧。顶多承认写坏了，下一篇再世为人。

而专栏呢，非但说过的话不能收回，连虚构有个朋友都过意不去。

笔名不能随便换，也就不能保护你。澳门那么细，人又那么密。不畏人言与折损，也不能罔顾他人。开此栏目，是想有话说就找句歌词做文题，无话说做命题也可了事。现在大多边写边换题。

秋日清晨的阳光正穿过遮光窗帘的缝隙，映在那杯不知凉了多久的茶上，夜早央了。时间都到哪里去了？莫非常念的诗也能失去？

（文题取自歌曲《无常》）

孩子们眼中的希望是什么形状？

被性侵害的经过，一生都无法遗忘。

在只求和谐的伪开明社会里，最好的应对是永远不让人知，独自抗衡那恶心的感觉，咽下每口内心世界随时发出的咆哮，小心翼翼地把停不了痛的伤口遮好。因为丑的观念根深蒂固，却不狠狠指明丑的是什么、丑的该是谁！这种责无旁贷仍坚持外观上的道貌岸然、对邪恶事物避而不谈、出事瞬即设法明哲保身的风气，使多少受害人无法言说，多少受害人说了惨过没说，多少受害人仍在受难之中！

约八九岁时我跌断手骨缝了三十几针，在山顶医院住了一个多月。与我同房的那女孩四肢健全，天天上学放学出入自由，护士对她却带几分复杂的关注。

当时我还调侃她说我也没人来探啊，体内还镶着金属如厕也不方便，为何就没有那种待遇呢？读者已然知道为何，而加害人竟是家中拥有绝对权威的父亲。就算她知道不对劲也求助无门，夜夜提心吊胆不停闪躲也躲不过，直至自残的刀伤鲜血四溅。她说，每次过马路，只想闭着眼睛，冲出去。那时的我哪懂得安慰，唯有以秘密温暖秘密。她说但愿她是我。

……类似悲剧又再一次那么近。愤慨从腑脏深处传达至鼻腔。第一，第一个站出来的孩子很了不起，使加害人绳之以法，拯救了同伴甚至是毫无关联的无数人命运；第二，受害孩子完全没有做错什么，但他们不一定知道遇到这种事情只因运气不好；第三，我们经常告诉孩子要坚强勇敢，却没教他们如何逃跑，跑不出去该如何办，导致他们面对强大的邪恶时只能成为待宰的羔羊；第四，某些媒体报道强调“不敢反抗”“羞于启齿”，仿佛不知这是后天错误灌输压过了先天反抗机制的正常反应，用字遣词毫不讲究；第五，性侵犯即使下跪道歉坐牢坐到死，亦不能彻底抹灭那道阴影，请尊重不堪提及的受害人，别擅作主张摊开来讲。

近日特别惶惑。在这里土生土长，生活整整三十年，难道惧怕财力还不够，还要惧怕蛮力？当那些人不再愿意玩文明，我们能如何？

（文题取自歌曲《止战之殇》）

脸色放在一旁，内心反而宽广

一

世界不会是我想要的样子，但我可以活成所爱的人想要的样子，住进各式各样的茧里虚度日子。如果有人说我变了，我的第一个反应恐怕是：唉，完了，爱完了。如果几个人同时这么说，我就知道是时候休息了。如果认识的人都这么说呢？我便会去找古冰。因为安弥和林格只会助长歪风……实不相瞒，我下个月将要嫁的那个人，一直认为他们是我分裂出来的三个人格。听来竟觉得有点合理，他知我怕乱，从小习惯用三个形容词去记住事情。对着如此不同的三位朋友，居然会显示同一个样子。难道那就是我真正的样子？

二

阳光灿烂地热过第三次水逆，我的脑袋仍然杂乱纷呈。总是看到别人看不到的东西，却想不通别人想通的东西。厌食没有改善，酒越喝越醒。微笑有礼就对了，万一笑错了呢？还是跟大队好了，万一哭漏了呢？本无表情安全吧，哪怕什么都慢半拍。曾有人问过，何以肯定别人不喜欢你真正的样子？林格大概看到这句就会开始打召唤猛兽的咒文；安弥不出两天便可使我相信就算做了多么背德的事也会如初喜欢我；古冰应该会在深宵时段云淡风轻地表示遗忘是无趣的好兄弟。其实为哪一种悲伤感到悲伤，旁人岂能置喙？

三

善良成为安慰别人软弱的词语，是一个颇为尴尬的误会。善良是极之需要坚强去执行的。我没有欲望，没有妒忌心，也没有荣誉感，所以甘愿活成任何样子，让生活变得更加容易，心血来潮便调整修剪，让一切不过分失态。热爱和平不等于反对战争，如果只能在“安稳度日”和“做个好人”之间做选择，我会紧握未装点过的那一种。或许那一刻，我会看清真正的自己，且懂得真正的无惧。

（文题取自歌曲《四月雪》）

不谈寂寞，我们就都快活

从不怕面对坏人，就害怕愧对好人。

她说，每当遇到恶劣情况，只要脸皮足够厚、抗压性足够好、内心足够强大就得以熬过。医学上以催眠代替麻醉的成功例子极多，一些有练过的患者，望着刀锋清晰划过身体的鲜红线条，听着仪器缓慢锯开骨瓣的瘆人声响，仍能冥想与自己无关，深度放松以隔绝手术之痛。可是，该如何应对善良的好人呢？

问得十分不错，我也很想知道。想起前几天与高中同学在北区一间东南亚食馆聚餐，两盘腌生虾上桌时我几乎晕倒。

厨师精心砌起一座冰山，将新鲜虾头插在中央，将去壳虾身排成花状，数十对步足仍然在动，眼睛黑得发亮。一条条身体同时被夹进人类嘴巴时，那堆虾头会不会想，哪块正被咀嚼的烂肉是自己的？而我却不能表现惊慌，凭借与他们针锋相对十多年的战斗经验，异样一旦被发现，保证全部头壳立刻落到我的碗碟上，且即高呼加多几盘。

相信尚有不少人能理解这种滋味。然而，上述场景换成吃甜食、游水族馆、去寻常舞会、争出头机会，对她来说一样难受。无法明了常人的欢乐事小，感觉不到好人的失落事大。她的致命问题是忠于自己便顾不上忠孝仁义，而爱她的人永远不知。他们希望她幸福，又认定她的幸福毫不幸福。

“生而为人，我很抱歉”，一日未死，一直抱歉。故事的结尾，她憔悴地说，愿下辈子做只鸭子，温暖，无害，稚弱，天生一副讨好相，存亡不影响世间。

（文题取自歌曲《孤独患者》）

看懂了，然后寻觅，寻觅另一种价值

热情、温柔、有礼、低调，可以给生活带来许多方便。这是我深谙的相处之道，几乎可以说，面对任何人，也能脸带诚恳地将之看成一种艺术精神去贯彻。不过有时总免不了，被不解风情的朋友当作省油的灯。

老点不省油的灯会破坏环境。心情好时，我会轻轻透露真相让他聪明地发现；心情不好时，便会掩盖良心之声使他发现得为时已晚。尊重是驯养的关键条件，以硬碰硬就别奢想持久的互惠互利。若不打算远离舒适圈，好好珍惜得来不易的荣光吧，哈利路亚。你不尊重我，我照尊重你，道才修得正。

过去，我将在乎的一切统称“天敌”，只对读者敞开心扉。来到今天已不安全了，所以最好不要拆穿。知道吗？没有陌生人会像我那样坦白大方地待你了，让你分享也让你懂，让你不屑也让你笑，就算你说我像小王子的玫瑰，我也不会冒险责怪你的不忠实。纵然被你比喻之物，在我眼里尽数可笑，完全违反我身为一个女人的原则。

看——不停打扮悉心准备，一心一意美轮美奂；却——边打呵欠边请原谅，说没时间并未梳妆。怨——在这儿住得相当不好，原来待的地方更好；却——从未去过其他地方，拚命咳嗽掩饰过错。称——怕风怕冷需要侍候，屏风罩子朝夕替换；却——扭曲自己委屈对方，虚荣多疑永远逞强。

或许我该仁慈一点儿去质疑翻译，或许也该摒弃世俗现成的象征意义，不再将那朵仅有四根芒刺、一点儿骄傲的花儿，看作某类女人去贬责及划清界限；同时不该将爱慕那类女人的男人看作小王子，尝试理解他们间歇性的心甘命抵、自作自受。毕竟我亦非狐狸，无意去争风，也呷不下醋。

失眠的日子久了，也就习惯每天一片阴郁的长夜漫漫，只求所爱的人快乐顺遂。而陪在身边的是不是我，并不重要。除夕也不例外。

宇宙如此浩瀚，有幸遇见，怎么舍得互相折磨。

契约不过是包装，自由才是爱的保鲜膜。

（文题取自歌曲《游乐场》）

如何原谅奋力过但无声

无论任何节日，总会有人对我说，希望我活得快乐一些。我想我不是很懂得快乐，也不是很懂得活，相信自己也做不好不是很懂得的事，于是便响应他们，我能过得容易一些。但不知为何讲成这样还是会觉得很假。

元旦夜，某位小说作者传来微信：小孟，你好像常常难过。

你好像也是呢。我这样想，并没有说，因为我知，一心想写好悲伤故事的人，甘愿为好桥段挨苦，不怎么需要快乐。何况读完他方见报的《大拇指汤姆》的无味人生，更肯定该彼此知晓。至少不必故作热情，互诉不着边际的客套废话。

在揾钱不难的地方，坚持创作尤其艰难，既看不到尽头也看不到未来。所以除了一稿多投，其他毛病都不忍责怪。只要想到执笔的人，或曾为此挥霍得来不易的闲暇，或曾为此黯然销魂、废寝忘食，或曾为此陷入焦灼的困境，甚至牺牲平静的生活、美满的婚姻，便不得不打醒十二分精神，用心对待每份作品，尤其是专题征来的稿。钱少限制多、不被刊出等于白干，没有一颗炽热的心又怎么写得出来？

去年的我着实过得消极，对不得清静的环境及毫无建树的自己诸多不满。时时刻刻都在计算，远离人群逃窜至无人认识的地方，不再为人情世故而懊恼，完成爱人希望我多陪伴他、长辈希望我身体健康的基本期盼，且有余力建构一个个故事、写好一段段文字，需要付出怎样的代价。

得到的答复总是这有何难，反正你不怎么花钱，快乐就好。终使我词穷，没好气地借用奇洛利瓦伊斯的名言大发牢骚：你需要快乐才能活，我不用！

问世间，哪一位创作者能快乐无忧？

哪一种孤独，堪比这一场寂寥清醒的梦？

（文题取自歌曲《如何》）

往日你背影，贴着我眼睛

好冷。

周日深宵对着电脑屏幕两个小时只打了这两个字。

以为洗个热水澡便会产生这两个字以外的感想，可惜石油气不到两分钟已经烧光，通体泡沫的我唯有绝望地硬着头皮，忍受无数冷针角度精妙地插遍全身。

于是，傻了的脑子只能勉为其难地平添一字，好冷冻。

可能社会未够成熟，徒有虚名的“No.1 居 + 光纤宽带100”服务继续识趣地降低质素，断线频率就如急风吹过窗缝。两个小时又不翼而飞。草草思量，触手可及的除了酒精和尼古丁，还有什么能借以取暖？

没有。那段旁观他人备受煎熬的日子，就这样，失惊无神地涌上心头。

她好几年也不曾自愿走出房间。几番寻死未果，被转介至离岛的精神病院，还是以极其残酷的方式，辗转回到自己的房间。除了每天给她买数片方包勉强维生，实在不知可做什么。那个年代，没有多少人相信精神科药物，总以为靠意志、靠想法、靠运动、靠教育就能改善情况。后来，才慢慢有媒介去解说发作惨状，尝试让人关注及理解——这真的是个病。即使到了猴头也能成功移植的今天，仍需传递这么盛行的一个病是一个病。社会的进步会否太像一场玩笑？

当她症状渐重、痛苦万分，必须靠药物暂缓一切时，那些热心的三姑六婆陆续为她求神拜佛、指点江山，甚至说起饿了多久游了多久才能成功偷渡澳门的励志故事。某个远亲还指天画地，满是肯定此乃药物造成，竟然又得到大家认同。这已不是有鸡先有蛋先的问题，而是集体智商出了严重的问题，太爱以自己的经验、自己的信服说事。致使她往后只能去厕所偷偷以水喉水送药，被发现还得承受唾骂及羞辱。没过多久，她跳了，从房间。同时变成一个禁忌，恐怖到三姑六婆茶余饭后亦不敢提起。

或许，精神病发作就如暴风雪过境，但不会有天气预报告诉你，且被冷冻着的只有你。世界寸草不生，魄性渐渐枯萎，随时可能下跪，也未必能穿上无人理解的件件装备。午夜梦回时，那道诀别世间的决绝背影，那具人生首次目睹的尸体，稍一出现，都似在谴责人类整体。

（文题取自歌曲《迷路》）

重新出发，愈难愈能承担

过了轻狂的年纪，嫁了人，再难逃避传统节庆。原来从小喜欢大圣，不仅因为他战无不胜。大年初一，中午起床，阳光灿烂，四下无人，心情极好，踢着拖鞋外出觅食。

返家打开门就蒙了……当下才明白老爷有十兄弟姐妹、奶奶有六兄弟姐妹是什么光景，速问先生，何东图书馆开吗？多年前就该拜会的人，首次相见竟如此尴尬。转身忘情的媳妇不应得到厚待，像我这种“鞭数十驱之别院”也是活该。不敢估量那些任性与逍遥，是多少爱我的人给我的。

很怕他们认为岁月能让一切收敛。

很怕他们不明所以的期许与狂热。

很怕他们问想不想念过去的日子。

羊年最后三天，捧了大沓文章回家，先生很是崩溃，因知我将“消失”。弟弟平生第一次领教我的阅读状态，即劝，姐，不戒烟酒电影，也得戒书。入职之前他们已恐吓我命不久矣，那时笑说实在太天真，以为本姑娘读什么都那个样子？

感觉老了……但那个样子，仍是那个样子。工余时间，不吃不睡保持同一坐姿，喝到冰冷的茶郁郁寡欢，丝毫不察旁人已换多杯。团年前问先生为何不先洗澡，他讽，头发都在你旁边吹干了，明天睡醒会否问为何没睡。星散时还给我发一帧孤单吃光酥饼看球赛的照片，才为意正在燃放的炮仗声，又恰巧读到文章所引沈尹默诗“一生只此日，易过难重寻”，深感愧疚，哪怕自律守规是天方夜谭，基本良知起码要有，遗憾时间确不够用，唉，人在江湖！在此向本版编辑郑重道歉，下次一定准时交稿！

秉性那么粗野，若有轮回，想必曾有数十世，当过不舍昼夜穷追猛打的伶盗龙，在八千万年前漫无边际的蒙古大漠上，与剽悍的同伴长久专注地围捕猎物。于是才会有那么多一拍即合的美好遇见，及没有脉络地钟情于各种类别的人与物。终是觉得，今生所爱，都是在白垩纪失落的旧精魂。得不到则如陷流沙。

（文题取自歌曲《起点终站》）

除了等你，我的心如止水

生活就是周而复始的爱与遗忘，上瘾与戒。

当我立志做好一件事，便会抱着不畏死的心。例如我正不畏死地向往健康。

感觉就像皮相如常，皮相之下却被拽入了异度深渊，求助无门，静默拙劣。自我逐渐瓦解而有人替我拼贴，替我活好，携扶彼此走向同一目标。

分裂出另一个自己来支持自己是何等普遍的事，人岂有可能不矛盾呢？我这样安慰自己。

从情人节到此刻的七夜之间，我戒掉了安眠药与咖啡，酒与茶，陋习与九成朋友。后者能调解前者的坏，亦勾起我思念这种坏，必须连根拔起地戒。随后大片陌生的暗潮涌来，心魄比肺腑更能适应，瞬间觉得自己无所不能又无比绝情。

那些东西是那样浪漫地陪我度过了那么多的乌黑的白昼、美丽的凌晨。得知后者实质也不能摄取时，便万般肯定，这次立志是以本性去交换，不惜一切都要得到。

此外，在乎的人、平日食粮及精神食粮亦要筛走一堆，以免影响苦苦得来的平稳心跳。可是多么惆怅也不可以娓娓道来啊，稍一重温就戒不成了。

万幸古冰在澳门。那只有着怪异特质及可爱梦想，骨子奇冷但善良爱笑，从不生气也不惹人生气，陪君三万场，不诉离殇的健康夜猫，总能在我不堪负荷的时候，给予实时的、有用的回馈。许多朋友会体贴地爱惜我，可他就是天性无害，还有违常理地，诚恳却不说错话。彻夜不寐时，间或忆起他推介《星光伴我心》，哼着哼着配乐便眼泛泪光的情景。不过他后天就要走了，今次留我难以看完的冷僻电影、两张到艺博馆看奥地利画展时的手抄笔记、两个偷摘的柑橘和一篇小说。

世间实在有太多好物让我牵挂，人皆有之的东西我不稀罕，甚至喜欢上消逝后找不到替代品的那种遗憾。

心胜于物，只要舍得。这是我有生以来，第一次破釜沉舟地，与自己无休的欲望斗争。不过是为你做好准备，待你来时能够完好、健康。像我父母最初赐给我的那样。

（文题取自歌曲《只愿为你守着约》）

最美丽的感动，会值得用一生守候

总是很易对陌生事物产生好感，热情退去方知它是什么，接着什么都不是，往后再难以记起。

而花莲则愈加像个遥远的情人，每次去那里，就似与真爱久别重逢。

今回假期有点忙乱，仍安排走特别绵长的南回线，带着归人复杂的灵欲，缓缓穿过昂然的中央山脉、开阔的花东纵谷，感受尘嚣一秒复一秒离得更远。

踏出火车站那刻，欢快之情犹如野马脱缰。

仿佛遇见的每朵云、每棵树、路边的小草小花、飞过的鸟和蝴蝶，也来温柔地跟你耳语。

花莲不存在通往景点的交通时间，放眼尽是美得毫不羞怯的田与山。

喜欢在精神抖擞时绕苏花公路往太鲁阁，走几公里步道取山泉水泡杯好茶，于氤氲的百合香中远眺两面永远对峙的崖壁，享受欲罢不能的磅礴。

天气不怎么好的话，就绕台十一线往石梯坪，踏上为之心折的壶穴地形，在地界远处静候出没无常的疯狗浪。随时掀起末世情怀。

如果阳光将太平洋照成耀眼的蓝鳞，我会带本笔记到南滨公园，待偌大的海面浮上一层满意的灵感，便往东大门买两个清甜的菠萝释迦，边吃边写边吐核子。

东华大学的湖畔草地十分适合仰卧看星。奇异的是我在这里考驾照，住过慈济医院养大病，分分合合又私订终身，仅有一夜万里无云。

都怪那夜的星过分亮丽，倏然飞出穿越时空的错觉，以为可以带母亲来一趟，徒添无谓的遗憾。

七星潭、鲤鱼潭、蝴蝶谷、木瓜溪、文创园区、二手书店、黄昏市场，也是消磨时光的好去处。真想一生赖着不走。

唯堪称现世天堂的慕谷慕鱼不欲前往。非因必须办理烦琐的入山手续，而是无比敬重当地人团结无畏地捍卫家园的排外矢志。里面的宁静、美丽与娇贵，绝大部分是他们在灭村纪念碑前，施放狼烟猛力发声，手握猎枪奋起守护留来。

人类到底短视低智到何等程度，才会因小恩小惠，让独特的文化任由资本渗透？消极懦弱到何等程度，才会任身处的环境，被污染、被摧残、被掠夺，亦不关心或麻木无感？

难堪是在现实生活中，我也问不出口。

（文题取自歌曲《千年之恋》）

天造地设一样的难得

好友偷听到“井井三一儿童绘本书屋”两位店长的对话后，买了本《走进生命花园》给我。

故事说（笔者按：交稿前良心发现自己贫乏的叙事能力未能隐瞒此书最精彩的部分而同时显露它的珍贵，不似好友洋洋千字无剧透在“阅读时间”版推介它，温馨建议您未看此书就此打住吧）一个孩子坐在他的岛上，一边观看人类的丑恶及世间的缺陷，一边用那善良的天真脑袋思考怎样做才好，然后决定……出生。

“出生”两个字，如同谜底般利落地打在最后一页上，若无其事得使人起鸡皮疙瘩。

首个感想是会不会有只小天使，正犹豫着要不要当我的小宝贝？要有多幸运，才会有两三只小天使同时考虑你？这样打后得更积极过那无味的人生，外加无涯的温柔。完全落入好友圈套。

读它不用五分钟，读几次后却发现，它足以让人间百态变得暖煦。

倘若出生经过选择……那不过是很平凡的家。

因为他偏要你，就算你多么贫困都要抓紧你，就算你百病缠身都要拥抱你，就算你嫌弃他还是冒险来找你，就算你幼稚轻狂恶习诸多，就算你孤苦无依，总之他在他的岛上望你，选择你，从此非你不可，一次决定一生。忘记了什么叫作难，什么叫作苦。

又或许想拯救你破碎的家，或许想为你争一口气，又或许知道你将无法无天地爱他。这是一个无可讨回的答案，正如我不知为何会生在这个家，但也不愿与任何人交换它。

只是我特别相信，不完美的小天使，总能在茫茫人海中辨认出那个善良乐观、无坚不摧的你；而心急的小天使，太怕你被人抢去，太想赶快来见你，以致手忙脚乱带漏了行李，他们下次会精叻。待你养好身子再整装出发，待你把他健康地生回来。

（文题取自歌曲《你快乐所以我快乐》）

爱是我的爱，若毫无价值

日子难过，不仅在于疲惫与茫然、负能量爆表、身心不得平静、快乐难以寻回，还在于没有了活着的感觉，更在于疯狂的思绪与深藏的恐惧忽然走出寂静，却无力压制。然后彻底地不能振作、不欲矫情与诉说。

殷红的线索却在半梦半醒间呢喃而出，失去的东西连同腐朽的过程就这样被全部记起。你反复咀嚼那些绝望的片段，落魄得在别人看不见的地方悄然变了质，如何修正也回不去从前。

可是你仍不想揭晓，只希望我分析这种直觉有多可靠。

我随便听听，也觉得难过。谁会比你更清楚他爱上一个人的表现呢？不经意的一个闪烁的眼神，不按时回家的一次闪烁其词，甚至不消一刻，你也能在各式人群中分辨出他最可能爱哪个。

何况相爱愈久，愈易察觉举动的反常，尤其是喜好的忽然变化。旅行顾着买手信，频看静音的手机，说起从未关注的事物，崇尚起奇怪的品牌，同事聚餐几乎定在假日，对你的起居不闻不问，却无故说自己受冷落、很受伤。十年岂有被冷落之理？

终于，你等到了一个机会温柔地问起，果然有这么一个可怜的姑娘，像肥皂剧演的那样有其匪夷所思的过去、永远解决不完的难题、无恶不作的另一半。你所想的不合理在他口中均成出于善良的同情，但不知为何世上仿佛只有他能打救她。你继续沉静地委曲求全，心想没有铁证便得忽略一切的蛛丝马迹。

不料他说若有怀疑可以介绍你认识，语气十足虚张声势的酒徒，原来你不只对他没信心，对他的演技更没信心。假如目睹当年的怦然心动、对你的迷恋与狂热，像倒模般发生在她身上，打后将如何欺骗自己？……

好，好。我握住了你的手。到底要我分析什么呢？难道离开他，世界会毁灭吗？

不会的。你说，就算世界毁灭，也不离开他。

好，好。那我离开他。

（文题取自歌曲《路过蜻蜓》）

对于告别，我还是显得粗鲁

迷恋一个人的时候，若有人告知这个人并非那么好，其实是一件极之幸运的事情。因为在我懂事后这漫长而无聊的十多年里，几乎将所有情愫倾注于两个女子，如被卷入幻象丛生的旋涡，也没有人表露过任何不妥。善良的好朋友甚至助我陷得更狠。所以当诗友说将在《澳门日报·镜海版》译介 Sylvia Plath（西尔维斯·普拉斯），我顿时眼泛泪光。

迷迷糊糊的相谈甚欢很好，云雾被揭开的一瞬更好。五年里四度搬家，由台湾带到澳门，有关 Sylvia Plath 的作品十几本一直都伴着我睡。除了她以假名撰写的《瓶中美人》、Ted Hughes（特德·休斯）的《生日信札》、Anne Stevenson（安妮·史蒂文森）的《苦涩的名声》，其余多是夹杂几页相关篇章的书刊，就算只有一帧照片我也收藏。极可笑的是，在她去世五十年后的 2013 年，才知道自己奉若至宝的东西，对她一双儿女的伤害有多深。于是第五度搬家时，那些都没带去，把问题遗留在衣柜顶，留给爱书的房东。

对世界认知得越多，越觉得没有什么可以拒绝被设定。可以说 Plath 在我生命中哪个时刻出现都一样，但王菲就不同了，是实在太刚好，刚好得近乎悲壮。幼年时命运总喜欢跟我开些万劫不复的玩笑，能拥有一时安稳半刻清静已是奢求，生活沉重得不容许抱有期望。记忆中的她就像闪电，不断映亮那些颓废的皱褶。原来空洞的内心无须填补，发现更空的存在即是安慰。前几年她巡唱，我思量良久，最终决定一个人去。最重要的人都不许陪，发誓绝不打扰也不许陪。

为何不好好读诗就好？为何不好好听歌就好？我想，这就是喜欢与迷恋的微妙区别。喜欢是愉悦的心动，不沉溺，不偏移；迷恋仿如被吞食，单向、激烈且孤寂。就算有结束的一刻，那份执念，也会不渝地伴着度过余生。

（文题取自歌曲《雨水一盒》）

掩耳不听那俗事喧嚣

求学时最怕要写梦想之类的命题作文，尤其老师豪情万丈地朗读那些壮志凌云的范文，周遭同学又能快速完成时，我就感到特别地孤独。多写几次、多听几遍，不免认为自己消极、复杂、堕落成性。直至不用靠“老作”得分，才开始听见内心真正的声音。

远离繁杂的俗世，本没什么难以启齿，只是学生说出这种话，就很可能让人觉得需要被辅导。想起曾教过的一个五年级资优生，课堂气氛活跃时，便会躲进书簿柜里捂住耳朵，他笔下的梦想随着年龄增长也逐渐放肆，三年级写探险家，四年级写航天员，到我接手，就写到守墓去了。《踏血寻梅》的碎尸凶手，作案动机是讨厌人，因为喜欢的被害者是个人，就杀了她。他儿时的梦想，又会是什么呢？

光明和希望都不是迫出来的。让没有方向的孩子待在原地，他们便不会感到压力和不安，不必硬生生改变躯壳的形状，觉得成长是个噩梦，一天到晚想着逃离。

“有人住高楼，有人在深沟，有人光万丈，有人一身锈”，世界就是这样，你求而不得的，他有却不稀罕。平安过一日，看本书，吃得下，睡得着，不强迫自己做厌恶的事，将生活过成喜欢的样子，别人怎么看又有何相干？

朋友经常取笑我，说假若生于荒野，岂不是一出生就梦想成真。实在太有道理，如果有很多时间去呼吸新鲜空气，没有任何噪音滋扰，没有满脑杂事待办，一个人在遍眼苍茫之地慢慢老去，或许转而渴望写出本什么前所未有的惊世巨著呢。所谓命数，大抵就是转身即能达成的毕生求索，因为爱与责任，完全被牵绊限制，也心甘命抵。

（文题取自歌曲《云端》）

可惜你有才华没良心

近日看了几部好电影，均改编自真实事件。

《焦点追击》（*Spotlight*）讲述《波士顿环球报》“聚焦”报道小组秉持追求新闻真相的社会责任，不畏强权与打压，历经万般艰难的调查追访，揭露大批天主教神父性侵儿童丑闻的邪恶内幕。当中跟进的个案逾六百件，牵涉的受害者逾一千人。

《爱是最大权利》（*Freeheld*）讲述身患绝症、时日无多的女警为同性爱人争取自己的退休金的凄凉过程，“从未要求被特殊对待，只要公平”是她们的唯一诉求，让世人知道全美同性婚姻合法化之前受过的风霜挫伤。

《关键判决》（*Confirmation*）讲述1991年一位被提名美国联邦最高法院大法官的黑人，被他旧日的黑人女助理指控性骚扰，报道一出举国哗然，虽然真相至今未明，但大大提升了美国社会对职场性骚扰的关注，翌年同类案件的申诉增加了百分之五十。

这些电影好在真实、不造作、不煽情、不为票房胡乱加插耸动情节，将过去一幕幕断景缝补成一张张具体的脸，让观众知道是哪些人、哪些事永远改变了哪些观念与偏见，感受今日看似理所当然的一切其实来得不易。未至于改变世界，却至少带来希望、能量、敢于发声的勇气。

故此，我特别厌恶《孤儿怨》（*Orphan*）、《第39号案件》（*Case 39*）之类的电影。写出好心收养弃儿却导致家破人亡的故事的人肯定不是什么好东西。或许有人认为这样不过是描述一种“可能性”，没必要以道德绑架虚构作品，所以钱让他们轻松赚走，错却要一群无辜孩子白白承受？真正高水平的创作，无须依靠抹黑弱势群体去制造反差。

比起低级庸俗、鬼怪灵异、暴力血腥的情节，这些电影带来的负面影响更深更远，潜意识的恐惧与歧视一旦产生，仿佛一生都根除不了。社会有责任以正视听，为那些孩子解除“何必有我”的疑虑，撕去一切沉重不实的负面标签。

（文题取自歌曲《爱才》）

谁来证明那些没有墓碑的爱情和生命

好不容易，又活了过来。

这一次，我强烈地感受到命运的恶意与世界的善意。

5 月一个晴天，凌晨两点多，孩子在我身体里怦怦跳动的小心脏，忽然就永远停了。而早些时候，我才第一次看到他的模样。照片上可怜的小宝贝，把手张得很开很开，仿佛等不及对所有人说，妈妈，快抱我。自那刻，母爱疯狂滋长，瞬间大过生命、大过宇宙，丝毫不畏那拳头般来历不明的肿瘤。

可是，并不是足够强大和小心，就能阻止悲剧的发生。失去他的过程无比难受，即使他离开的方式已尽可能地轻和美。我一生都会记得，那完好无缺的粉白色小球，慢慢滑落掌心的温度。第六感使我接住他，他在最后一刻仍要暖我，让我能真正地抱抱他、亲亲他。说了一夜的再见，其实再也不会见了。

往后的事已记不清，就知道反复抽血。三天往两家医院抽了十来支，做完手术就等下个手术。日子成了一部法国新浪潮电影，场景快速转换，一切失去色彩，情感也不连戏。而我只是一具残破的走肉，被人迷迷糊糊地推向终站。

回家之后，我遍身瘫软在漆黑的无间地狱里，拒绝每只伸过来的援手，天天哭得歇斯底里、肝胆俱裂，任悔恨击垮自己千万遍，不停想如果如果，想有什么方法能从头来过。原来唯有巨大的痛苦，才能压制怒不可遏的每寸神经。

他们不明白，我并非渴望去生一个孩子，而是想要他。就算早知失去他是我的宿命，我仍愿意鲜血淋漓地走这一场。无论日后我有多少个孩子，他亦会在我的思念里永远活着，被我没有余地地深深爱着。“在悲伤与虚无之间，我选择悲伤”，绝不存任何考虑。

两个月过去了，得到许许多多帮助与体谅、陪伴与瞒哄，我终于能生活、能工作，也许能比从前健康，却依然没有一刻，能不想他。

晚上九点多，我独自走到连接海皮与水塘的那条天桥上，待殷红的月出蔓延起回忆的毒。

宝贝，感谢你这么好，感谢你曾来过。

那时，我最爱在这里捧着你看月光。

（文题取自歌曲《白桦林》）

赐我梦境，也赐我很快就清醒

你宁愿噩梦连连，醒来一切都在，还是美梦无边，醒来全部化灰？

巨大的恐惧与深深的失落，不知哪种比较不苦。人在脆弱的时候，连梦也能轻易把你伤害。清高的人就不会做龌龊的梦吗？岁月静好就不怕梦见闹鬼的废堡？要是能控制，谁愿意醒呢？

我一向很难入睡，但一睡就入梦，几乎每一场都深刻、细密、没有破绽。醒时都很痛。很多时候，日子的黯淡，都是来自它的笼罩。失眠与做梦同样使人惆怅，也由不得你情不情愿。

梦到蓄谋已久的出轨，就想检查爱人的手机；梦到百病缠身的父母，就会驶入被盐腌制的苦涩时光；梦到年老的自己，就像过了一生那么长。末日、坠落、迷途、遗失、被困、交通意外，层出不穷。农历七月，街衣满地烧，跌进梦里就能见到火焰与地狱。流年布满虚假的记忆。

但我必须忍住这些不能呐喊的折磨，它们已经夺走太多。

然而现在才顿悟，世上没有比失而复得更恐怖的幻觉。如今我还经常梦到那个不曾出生的孩子，像一尾鱼儿在我下腹轻轻地跃动。仿佛在某个时空，他不曾离去。梦境有时能与现实无缝接轨，张开眼睛，美丽画面还在心头静止，爱人依然把手放在我的肚子上，里面却是空空的，什么都没有。不消一秒就将我打入无底深潭，像要永远向下沉去。无从逃避。

刻骨的思念唤起潜意识的填充，不断把他还我又收回。那道被埋得好深好深的疤痕，快因硬塞而撕裂。

梦与运是造物主最可笑的两条保险丝，以宣示它的存在、它的残忍、它的无聊、它的无敌。

我痛恨。

（文题取自歌曲《易燃易爆炸》）

谁醉倒仍会扶着你支撑身体?

身为处女座，多多少少有些洁癖，而我的，很能体现在交友上。遇见乱开黄腔的男人、反复无常的女人、不把别人隐私当回事的人，胃里常有千万只草泥马呼啸而过，稍一留神就喷涌出来，为了保持安全距离，往往只能装傻充愣。

许是天性亲寒，我从小就怕人。威风、有才，使我敬畏；温暖、善良，给我压力；旷达、干净，让我自卑。任谁靠近，灵魂也不安分。相谈甚欢引起的焦躁最难平复，失眠时常不经意按住喉咙。

所以非常合理地能称之为朋友的，都不太像地球生物……但他们真可彻底让我依靠让我骄傲让我有时觉得日子好得似假的。这样一种至高无上的东西，有过就不想失去，又怎舍得搞暧昧？怎舍得做情人？快狠准的判断力是贪欢的资本，一时冲动有什么难？一刹那的极乐有何珍贵？没有一段关系能从头来过。

第一个莫逆之交，就在一个昼夜颠倒的颓废暑假，二话不说配了家里锁匙，给被楼上装修声吵不堪忍的我。后来深宵无事可做，也会到他家翻箱倒柜，不小心就看遍《怪物》《二十世纪少年》《火凤燎原》等漫画，重新定义了浪漫。

在几百呎的世界感受过自由的愉悦，自此嘈杂的声响、被困的压抑都变得朦胧。而这个人结婚的时候，我第一次喝醉了酒。老天总喜欢给我一个考验，同时给我一个助我通过的人。

就是那夜那个将我毫发无损送回家且不带走一片云彩的损友，使我义无反顾堕入醉生梦死的红尘，如果从没拥有过这份奢靡的安全感，这辈子大概会循规蹈矩得像个死人。后来我去台湾读书“从良”了，反而有种背叛了他的羞愧感。

前两天，他约我吃生日饭，说尽旧日纷繁的回忆后，落寞地问，出社会后有交到真朋友吗？

我犹豫了一下。他接着说，毕竟大多数人递卡片给你，只是想你知道他有几架势，而不是遇到相关难题以便向他请教，除非做地产或卖保险的。我迅速打趣说，又何须介意？就让那些人沉醉在自己的幻想里呼风唤雨，陪他们笑笑就好，不识相地求助等于拆穿啊。

我这个朋友，从小有着过于乐观的天真，总希望在完全付出的同时，能得到对等的回报。接触的人复杂了，变得不那么执着，可到了而立之年仍不接受，“真诚”永远驾驭不了满是套路的世界。他几乎为每个朋友的婚礼制作微电影式的纪录片，每年为他们搞生日派对；待我则像亲妹般随传随到，上年他在横琴拍“连环四月蚀”的第三次时，当仁不让地赶回澳门营救被私家车倒后撞毁的我的电单车，义气不减当年。每次与他喝酒，我都有自罚三杯的冲动。

无以为报，唯有以心相许。要命的是，他问了个坏问题，我想起林格，就不想回答。这个近年认识的朋友，仿佛是我老友的改良版，天真却没有棱角，十分蔑视“求回报”，无须依凭也能存活，凡事不只看好的一面，还会为它铺上一张碧青的风景。

有好几个月，我每天都过得很难。深夜经常与他去水塘喝啤酒，抱怨那段糟糕日子的每个时刻。有时天亮还未说完，隔天就在微信里续。他是世上知道我最多秘密的人了，还有可能是远房亲戚，可我哪有勇气去母亲的出生地确认呢？

我知道多幸运，才能遇上生命互不干涉、相处毫不费力、来去干干脆脆的知心好友。但在公事与家事上，都能给予安慰以外的帮助的人，此生恐怕只有一个。然而他的安慰，却又那么轻而易举地指向出口：

> 蝴蝶的生命太短了，我受得住别离，但情愿你是候鸟，飞走了还是好好地活着。

（文题取自歌曲《半醉人间》）

在所有人事已非的景色里我最喜欢你

其实很多美丽的记忆，是虚构的、错误的。

只是无论真实与否，我记住了，就都会好好保存。

可是你结婚那天，我多希望曾拥有过的幸福，能够否定或者抹去。

也许我太想念和你一起的那个懂得爱的、不庸俗的、自在的我。

它不知何故走失，亦无从寻找。就像我们的爱那样，忽然间无影无踪，只剩下壳。

在你的婚礼上，我记起你买过很大的一盒拼图回家，我俩听着咖啡店常播的那种外语歌，拼了一个炎夏也搞不定那片很蓝的天空。

表面充满看不见天空的忧郁，内心却布满绝美的景致，远远隔离了人言编织的纷扰红尘。

那时我还有力气去领养一只将死的黄金猎犬，你比我还要爱它。

也记起某个职业倦怠期，惯性忙碌压垮了我。你在墙上挂起一张偌大的世界地图，整夜 Google 靠海的陌生名字。

你说多挣点钱总是好的，爱走多远就走多远。

你会把细节放在心里，可以生吃的白粟米、具反战符号的服饰、印有慕夏画作的日用品、裹着昆虫的天然琥珀，在澳门不多见但记起你给我买过很多。

我不是个容易感到委屈的人，所以很乐意迁就别人，只要心情不太差，对待谁都愿意“变得很低很低，低到尘埃里”。

比起恣意的挑剔、痛快的批评，我更受不了没完没了的争执、畸形的存在感。

一花一世界，这使我触及更多不粉饰的灵魂，听见更多微弱的声音。

而你呢，却不会因为沉静的姿态而漠视那个人的感受。

你讨厌让人难受更甚于自己难受，但我担心，假若日后幸运不走向你，我也无法再保护你，该如何是好？

（文题取自歌曲《喜欢》）

比海还深，比天还蓝

我真的好想知道，如何能够妥帖地对待父亲，一个始终深爱着我却什么都不肯要，已然割弃所有的苦行老僧。

有时候，家婆会多煮一些餸菜，买些能放很久的粮食，让我带给他。他开始会咒骂一顿，勉强地收下，后来统统不要，我便叫家婆别再那样，她就觉得唯一的维系都断了，我就两边都不是人了。

父亲的表达方式，永远过于直接、过于笨拙、过于残酷。

我很希望为他装个平安钟，恳求多年仍未得到批准。买给他的家具、电器、药物也故意不用。我们从来聚少离多，他还不太想我回去。就算只是每月一见的给点家用，他也会露出不耐烦的神色，多难听的话亦说得出口，甚至是，你给我钱，我还得费心替你保管；我不想招呼你，我只想静静地死。

可我不会被虚假的表象所蒙蔽，哪怕真实的感情多隐秘、多遥远。

因为我记得，他用光退休金，供我读大学；寒暑假的时候，无论几点机，他都会晨早在机场等我，把几十公斤行李，搬回五层高的老唐楼；如果睡到日上三竿，他为我准备的早餐，就会成为他的午餐，我将一个人吃丰盛的饭；若我漏夜不回家，他会失魂落魄地打电话，知我平安就立即挂线。

没错，他一直骂，态度一直很差，但看一个人，要用心感受，别相信耳朵。我的每帧照片、每张过期证件、那些几乎包尾的成绩表，他都保存得那么完好。

他一直讲不清，几年前就看不清、听不清，这一年已无法咬食，皮肤痕得厉害，耳鸣如敲锣，日子一定相当难过。就因不想我有挂虑，千方百计把我推开，演出一场场两败俱伤的无情戏码，唯愿独自腐败，安然赴死。

感谢是枝裕和的好电影、文化中心的大银幕，使我更肯定我穷困的单亲父亲，那沉默、决绝、手足无措、不留余地的爱，不过是潜藏在最深处。不曾言明，但，比海还深。

再去敲门时，我已不怕沮丧。

（文题取自歌曲《别离的预感》）

镜破了看着那闪亮，而不是碎片

我一直以为，“海皮”是个正统名字，是指关闸口岸至友谊大桥的那条海滨长廊，就像“鸭涌河”“黑鬼山”“二龙喉”那样，被我念了许多年，写了许多年，如今变作新城填海A区，才知道那里原来没有名字。“海皮”不过指海边。

童年所有乐园皆面目全非，几乎已没什么能勾起我儿时的美好回忆，唯有那个再唤不出名字的地方，完整裹着那里发生过的点点滴滴。因我每个居所，都离它太近了。纯真的、浪漫的、凄切的、浓烈的，每经过一次，便化作眉梢雪，迷茫地融入太阳穴，无限温存。

对它最初的记忆，是八九岁时，和弟弟与表弟，偷偷溜出去的一次探险。那时潮水退尽，我们翻越四散堆积的石块与瓦砾，踏在沙上就一往无前地狂奔。我跑得最快，偌大的泥滩愈走愈软，停下来喘口气，身体立即陷落三分之一，还未来得及惊慌，警察便从远处跑来将我拉起。他没有教训我，像个大哥哥。

学校也离它好近，几乎每个黄昏，我都会去闲逛，绵密的水蟑螂火速让路时，我就觉得自己是女王。那时流行用涂改液写字，有次我在巨大的石块上抄起古龙的字句，“在最美丽的时候停止是最美丽的”……忽然有人说，喂，好停止了。我一见是警察，被吓得魂不附体。他也没有教训我，也像个大哥哥。

温暖的男孩亦离它好近，很冷很黑的时候，我们会看见冬季大三角，看见射手座，看见金牛微弱的红眼睛。他说，如果拱北没有光，贴近地平线那边，或会看见坚定不移地永远守护着我们的北极星。但到底能否看见，大概永远也不会知道了。

结婚之后我离它更近，当它开始被摧毁，我就当作那是个陌生异境，若要上路、行走，也不再注视、停留。待我老了，它就是我生命里最长的美梦，宛若世上最香醇的餐酒，醉人、甘甜，而暖暖有光。

（文题取自歌曲《小团圆》）

现在尽量纪念吧，始终都需要回家

出发前一天，接到码头打来的电话，说九点半的船原来赶不及，如果要在赤鱲角机场搭十二点的航班，只能改七点半。

出境时间提早了，我居然有点快乐。

从少年时代起，我就不放过任何一个离开澳门的机会。

总之有个稍长的假期，就一定会背个大背包，带好证件及地图，没有订房，没有行程，放浪形骸地在道路上流浪。

去云南时顺道游四川；经青海去宁夏时走进内蒙古；往婺源找油菜花地时，路过黄山亦懵然不知。

衣物都带旧的，弄脏一件丢一件，竹杖芒鞋轻胜马，未晓生死之重。

也许，我不成才的最大原因，就是太喜欢虚度光阴。

到我学会把随性当作缺点去收敛，我的光阴、我的无畏、我的精力，又被失眠消灭殆尽。不想绕回原点，只好在让人心安之地，悄悄打回原形。

譬如花莲，譬如冲绳，百去不厌。

总爱在机场买本平日不会碰的书，在旅程结束前看完，然后把它带回家，连同在当地随意捡拾的沙石碎片一起封存。

今回于经纬书店买了本《向巴黎夫人学风姿》，却发现在苏梅岛完全读不下去，整本书的准则与情调，都与这个地方背道而驰。

这还不打紧，我在热浪岛脑袋漏风，也能读完《图解时间简史》，问题在于苏梅岛天生的性感讨我喜欢得多，谁比谁美不太重要，真实自然才堪称尤物。就像看过日落辉煌，再艳的艺术照也不合眼光。

天亮，出海、游船、浮潜；中午，闲逛、畅泳、晒日光浴；看完日落去吃海鲜，啤酒怎么喝都不够，未入夜便满天星宿。

这里的海能洗净疲惫、酷热的气候能蒸发颓冷，一路上有鸡蛋花香沁润肺腑，确可作为一般概念的度假胜地。

于我，却缺了最重要的一条。与往日不同了，澳门如今有我爱的人，有我牵挂的气息，有我想完成的任务，没有一道摄魂夺魄的风景，如何能停止思念？

（文题取自歌曲《假期》）

人生难道只可忆记旧照片?

岁末了，要说2016年的电影，最优秀的是梅尔·吉布森的《钢锯岭》，最喜欢的莫过于是枝裕和的《比海还深》，但如果只能推荐一套给朋友，那定是徐欣羡的《骨妹》。

把非常简单的纯爱故事，拍到看上去非常简单，其实相当困难。只有流畅、舒服、毫不拖沓的呈现，才会让电影院里无法按暂停、快进、快退的观众，看上去感觉简单。

然而，将大量闪回片段，流畅地插入一个“为了对方幸福而断绝来往”的故事里，仍能看得舒服且毫不拖沓，并不是我推荐给朋友的主要原因。

《骨妹》最可贵之处，在于它将同性密友之爱，似非而是地发展成恋人之爱，却令观众觉得这不过是最纯粹的世俗之爱。明媚唯美干净动人。那为何要分开？为何没能共同照顾无父的孩子？为何爱彼此胜过爱自己，要到永别才知道？

稍一思索便会发现，该片立意其实很深。

因为爱你，不想你为我困在这里苟活一辈子，不想你为我不往更多幸福的地方飞去，宁愿你讨厌我到永远，也要将你推向那个千般宠你疼你的“男人”。只要你想走，他便带你走，让你过上好日子。你夜夜喝醉，跌到周身伤，他也没劝诫，四围贴满防护条。

小姐，你还有什么不满意？在台湾开民宿，过惬意生活，被另一半无条件溺爱，常人能称之为“梦想”的人生，你为何拥有了还不快乐！十几年前跟她一起，却那么轻易唱出“原来过得很快乐”……

因为他不是她。

因为身为孤儿的她知道，有两个母亲，比无父无母好太多，而她却因闲杂人等的闲言闲语，失去了将爱人的婴儿共同养育成人的资格。

因为在 1999 年的澳门，还未是时候。

徐导拍的就是一套爱情片，不带恨意与标签，唯有遗憾行云流水。那个年代的她们，就真的没有什么可能性。我爱你。我退后。我成全。多标准的顺理成章。

今天在这里，也不是任何人都有爱的权利，距离真正的平等依然遥远，但看完《骨妹》至少明白，为了所爱而牺牲，倒不如为了所爱而生。

（文题取自歌曲《告别昨天》）

不止一次幻想怎么逃亡

前排过香港，坐船时发现手机不见了，顿觉岁月静好，万事悠然。

问同行的古冰借了个电话，传了个信息给陆奥雷，“你要我找哪十几只唱片？手机丢了。”他就很酷地答非所问，叫我赶快打电话去码头。我问古冰打不打好，它是我痛苦的泉源啊。古冰愣了一下，默默地帮我打了，还请对方代为保管。

后来跟朋友说起，都觉得我好幸运。确实如此。世间能有几人，拥有爱情又可以滥用自由？临行前没交代，整天没报平安，凌晨两点多才回家，也不用解释半句。无论任何时候见到我，一样那么平和安然地待我，一如初次拥抱般甜蜜温暖。有夫如此，我应该天天面壁。

更甚的是，前年生日很认真地对他说，好想在老去之前静静写本书。上年生日他带我去珠海大道北侧，指着一幢快要封顶的、背山面海的高楼问，这里好不好？昨天快递送来交房通知书，然而从年初开始，我就一心想生孩子，怕有半分动摇，连验楼都不陪他去。他却说没关系，那就把它卖掉，在澳门起家。我就忍不住落泪了。这笔钱，其实够我们实现最初的梦想，在他最爱的地方安居。

我从来都不是一个稳定的人，乐趣和计划说变就变，唯一能称得上绝对的事情，大概只有对孤独的无限热爱。他什么都愿意给，最大的宁静、任何的时间、无上的自由，甚至在所有节日，我都可以失去踪影。比起往年我对婚姻的怀疑与恐惧，现在可谓过得很好，可是我仍然会贪恋那些没有顾虑的孤身时光，焦灼起来，就像亡魂遥望人世，恨不得再活一次。

很多感情之所以惨淡，是因为只看见自己的付出；很多感情之所以无法恒久，是因为只看见对方付出的物质。那些与生俱来的棱角，碎裂剥落的声音，被听见了吗？那些错综复杂的细微伤口，其实彼此都有。

（文题取自歌曲《斯德哥尔摩情人》）

灭了味觉就好，可我的心没那么高

食色，性也，两样我都无感。

为了美食而忍受不礼貌对待，与魔鬼同桌共餐，是何其浅薄的贪妄，为了讨好而改变本来面目，任对方撕裂重组，是何其愚昧的痴狂。倒不如饿死自己，把清净还给所爱，把原壳还给世界。

当我发现这种气概在醉生梦死中烧光，自己在不知不觉间改了腔换了调，甚至说不上是为了食为了色，我就开始歇斯底里，四处寻找麻烦，为所有意见不合争吵不休，借由对别人的口无遮拦，剖开压在骨内的天性。

企图拼回支离破碎的真身时就像一个脆弱骄傲的神经病，我都想替最近和我走得很近的人泼我一桶冷水。

然而，在我毫不客气地践踏一条又一条底线时，没有任何一位选择以牙还牙。他们的反应，更像病入膏肓时打的吗啡。

有人带我去 KTV，将《幻乐一场》里能点的曲目按顺序排了一遍。有人陪我看电影，已经无戏可看了，《摆渡人》都愿意二刷，《失恋日》都愿意花钱。有人给我买烟，与我于不眠的夜里，将人心的疯狂统统推给现下社会的疯狂。在一个异常烦躁的午后，回公司就见到一个精致的包裹，里面全是我提过的 DVD。

还有坐在同一条船上那三个最明白状况的人，在每天如履薄冰的交流之中，温柔得像三首情诗。你送的那本《牡蛎男孩忧郁之死》别具意义，纵有万顷悲惨亦显得苍白无力。

就是那些时候，我明白了什么叫作朋友。

可是我一点儿都不快乐。

为什么没有人告诉我，其实从来没有人推我走向灾难，没有人不放过我，没有人迫我。没有人叫我忍耐，介意我坦荡，要我回顾那情。是我习惯叫苦连天，喜欢在复杂的迷宫中缘木求鱼，顺着虚构的疼痛寻找出口，或溺死在绝望的幻觉里，让生活变得如此艰难？

（文题取自歌曲《烟》）

直到看见平凡，才是唯一的答案

从初中开始，我就没有停止过打工，花父亲的钱使我难受。除了学费，衣食住行都靠自己，如果没有申请到贷学金，百分之百不会读大学。就算很多聚会没法出席，毕业旅行没法参加，喜欢的东西没法拥有，我也活得无比骄傲和自在。

第一次感受到这种喜悦，是幼年时和弟弟比赛捡纸皮铁罐，看谁卖得钱多。我们还很幼稚地在纸皮间及铁罐里泼水，结果被打了三折，一个小时的劳动只换来四毫子，连买支冰条都不够，只好买支粉笔。当老师就这么戏剧性地成了我的志愿。

于是，我开始接补习，这是主要的收入来源。寒暑假会去制衣厂剪线头，但很多时候会被调到办公室，主管说我会用电脑，举一反三，一叶知秋。也曾卖过衣服，那是当时最抢手的兼职。直至高中遇到一个很投缘的小孩，为了助他顺利升班，我倾注了所有时间，入不敷支也乐意无偿加班。

大学时期就更落力了，校内需要人手的单位都待过，亦是系上教授的小助手，常接默书卷回宿舍批改，同时在一间日本餐厅兼职。直至严重失眠，经久不愈，方发觉接了太多工作。

一下子辞光了。立即愉快地谈恋爱，愉快地游台湾。

完全想不明白，一向安于粗衣粝食的自己，为什么要卖身到这个地步？

出社会后，闯荡过几个行业，与许多人共事过，我终于明白，这是一种痛苦的属性，与名利无关。

就是有种人，将工作做到得到全世界的认可视为一种精神需求，而这种需求，从一开始就注定永远不会有被满足的一天。哪怕鼓励再多，机会再多，得到的肯定再多，也不足以解除内心的干渴。

由此推算，职场上最悲惨的物种，就是具有这种属性而能力不怎么样，又想做尽每件不擅长的事情的强迫症患者。

热情只能随时间流逝，随不断的妥协灰飞烟灭。

他人只能旁观，任由他们挣扎、盛放、枯萎、转换跑道、重获新生。

可是这一次，我真的不想迎接相同的结局。

但愿这千百个离开的念头，都只是因为累了，而不能休息。

（文题取自歌曲《平凡之路》）

你说人生艳丽，我没有异议

春节出珠海探望老人家，回程经过华发商都，想去阅潮书店逛逛，一打开车门，晴空忽然降雨。司机说，还有十分钟交更，勉强可载到地下商场。我让了给正在等车的孕妇，迅速奔向最近的入口。

经过无遮挡的广场时，风雨灌进衣襟之中，寒冷爬上神经末梢，使我全身激灵，也在瞬间确定，没有从前那么喜欢淋雨了。正为失却的乐趣而难过，恰巧走到A区的巨幕影城，不免惆怅，还会有从前那么欣赏韩寒吗？

站在《乘风破浪》的海报前，售票员好心告知，广告已播了四分钟，剩一分钟正式开场，本来约好古冰去看，那刻我却条件反射地拆开一张五十元利市，捏紧戏票跑到五号厅，湿冷的身躯还滴着水。

其实就是一部颇普通的、能引人发笑的喜剧。没有希望，说不上失望，只是对唯一值得哀伤的烧衣情节感到无言。一个专业的导演，会不好意思在别人的房子前烧衣，而悄悄以报纸代替，没用心借位亦不作后制？

可是，在观看的过程中，我想起了他的好兄弟、好师傅，2008年死于意外的飞车王徐浪；他坚强乐观的爱犬，2006年死于狗瘟的金毛木木；他无限期停刊的《独唱团》杂志，所衍生的“亭林镇合唱团”；他工作室的同事捡来的狗，走丢八个多月尚未寻回的六一；以及他的偶像，张国荣。我最欣赏韩寒的时候，他那个全国点击率最高的博客，播不停歇的歌单，总有“我就是我，是颜色不一样的烟火”……于是，踏出戏院，我还是很不争气地滑起手机，往各大电影评分网，打上很高的分数。

从来说不上喜欢韩寒的作品，无论是书、电影还是唱片，不过没有一样买漏的。我摸摸半干的衣服，明白此刻怀恋的，不过是自己失落的青春。

（文题取自歌曲《在雨中》）

思念的细胞不断分裂开去

求孕，《情绪之书》是这么说的：一种非常痛苦的感觉，有如思念、渴望之情，可与和爱人分离或离乡背井之苦相提并论。原义为“扰动的子宫”的歇斯底里症。

从没想过竟有一天能如此深切体会这种情绪的复杂性。

绝望今个月，又再准狠利落地，喂满我的心。

许多人说好好准备、静静地等，它就会自然发生。但对曾失去过的女人而言，怎么准备才称得上“好好”？又哪里有宁静？除了自身灵魂的啸叫，外间有意无意地呢喃亦像诵念经文般没有断过。

与我同期怀孕的两个朋友，不会与我分享育儿趣事，而每项抱怨，又怕我误读成各种炫耀，渐渐地都不再联系了。还有什么好说呢？我不怪任何人，尤其在新春的时候，成为尴尬的角色也是迫不得已。

这如履薄冰的大半年，我是深夜独自下海的溺水幽魂，在灭顶的窒息中喊不出口，思念与泪汹涌如巨浪；我是一艘满目疮痍的货船，卸光喑哑腐朽或非必要的每个组件，譬如烟酒咖啡、惊栗影片、敌意恨意、纤瘦身材、褐色鬈发、最新时装；我是自己的强迫症母亲，严格规划日程表，备齐叶酸、鸡蛋、牛油果、养生汤、维生素E、深海鱼油、排卵药方、二千毫升温开水、三十分钟运动量，雷厉风行，有板有眼，只信医生，且为完成所有安排而感到荣耀。

生活就是在循环中执行指令。量体温、算日子、取试纸，旧伤需要规律浸润，各个细节都要定时。嗜睡、追剧、应酬、忙起来，都是为了让时间过得更快些。承受力似极限函数，无限接近顶点却永不触及。弱者没有资格孕育新生。

要还的终究要还。十几年放纵任性的奢靡韶光，大概已还得七七八八，我已活成与少年时代完全相反的那种人。精诚节俭、勤奋上进、紧张兮兮，新一代好青年。可是老天，何时才肯把孩子还给我？

（文题取自歌曲《分裂》）

好光阴纵没太多，一分钟那又如何

这世上最令我眷恋又感到不安的地方，是儿时记忆里杂乱破碎的北区。到我经历了蜕变，希望去终结某些执念时，驻在心田的那片风景，已被时间烧剩一场梦，没被清空的，也没有了温度。而林格的“未命名游记”，就似命运赐予的一个机会，丝毫不差地填满了记忆深处遗失的轮廓。

现于艺博馆三楼 C 区陈列着的三十张明信片，正面是三十次穿越，背面是三十种惆怅。你若认出来，久违的熟悉感便穿过时光之海打进你心窝；你若认不出，也会轻慢宁谧地沉溺进岁月的铅池里。

外观没变的龙园，里面还有卖软雪糕和高达模型吗？锦绣商场只有独资公司留守吧。黑鬼山隐匿的角落里，丢过的烟蒂都被捡了吗？是谁坐在望厦体育馆前的梯级上，挡着我看暗恋的男孩打球？佑汉熟食中心的饺子档搬到哪儿去了？陪我去黄金商场买饰物的女孩都生两个女孩了，螺丝山上打过的人也应该忘了我啦。校园广播中命丧友谊大马路的小学弟，假使当日走上天桥多么好，海皮一点点消失你也看得到。

为何会没记住健康的母亲也曾奋力生活过？下班后带完水货还带我和弟弟去鸭涌河，锥形鸟笼巨大得自成一个世界，总有几只站在天空的顶端饮风，一如那个时代，除了饱肚别无他求。失去健康的母亲走不到那么远，只能撑着身子到拱门散步，偶尔捞起两条鱼毛哄我开心，虽然她放弃了治疗，但从没放弃过爱我。那时不觉得的美好，此刻却想得穿肠烂肚。

林格在我心里一直是个魔术师，总能将问题变不见，以前我觉得是天见犹怜的一个安排，“未命名游记”却使我感慨这场相遇未免太晚。上年他生日，我们唱了一整夜KTV，“好光阴纵没太多，一分钟那又如何”，声音刚落就觉得暖，现在才懂他为何对这两句特别上心。

人世很长，真的很难将每个变迁都记下，但那些灼热过的场景、亮过的画面、美过的感情，无论多短，都是永远。我不渝的郁结，就似在荒草丛生的幽谷被灯火一照，找到轮回的渡口。

（文题取自歌曲《追》）

穿越没有阳光的水域遇见你的孤独

《所有悲哀是眼睛，喜欢光》上周六终于举行了发布会。

从贺绫声手上收到这本诗集到现在这近四个月的时间，无论我当天有没有翻阅，淡愁的字句亦会在晨昏与梦里寂寥来去。它们是秘而不露的艺术家所创造的凄婉尤物，一首就是一场具毁灭性的无声之宴，专注凝视便会在抹抹幽思的沉降之中忘记自己姓甚名谁。然而读得懂的人并不多，自以为读得懂的人非常多，这正是贺绫声的邪恶，却又可以说是慈爱。

因为整本诗集，没有深难字词，没有奇怪文法，没有矫揉造作的言语装潢，没有藏头露尾的老套陷阱，因此容易使普通读者在快速浏览之中产生浅薄的幻觉。以为平凡，以为苍白，以为触手可及，原来全是近在咫尺的海市蜃楼。人人都能读懂每一字、每一句，可有几人能窥见每一句、每一段所精心建构的每一个意象，又有几人能把它们联系起来，发现那是无法分割的绵密血亲，而又有几人知晓，连成一片完整的漆黑森林之后，还有一群魔鬼在夜的另一侧悄然游荡。

就算是卷二的“俳句集”也具有这种特性，不过即使有人将之与那些因气虚而断成三行的句子混为一谈，贺绫声也不会在意。山就在这里，随你怎么见。他是我所遇过最多面的人，却永远保持一副讥诮淡漠的面相，情商之高无以衡量。在一千多个秉烛夜谈的忧郁时分，唯有诗能抵达他沉稳浩大的内心实境，但也只会是一段极其短暂的韶光，如剑入鞘。所以，很多时候，爱文学、爱摄影、爱美女、爱运动、爱美食，就是他给人的全部讯息。一个玩世不恭、泰然自若的大男孩。

命运就是这么微妙，诗集刚印好那几天，我终于等到了我日思夜想的宝贝。贺绫声立时于扉页亲笔题字：“世界的痛苦已经衰老极了 / 孩子正年轻 / 他的手慢慢温暖你的心”，就这样将一股强韧力量匿藏在一个柔软的安慰中，送了给我。一如这三年，在工作上、生活上、写作上，他所给予我的。

用一条命，做一个钢铁侠、一个蝙蝠侠、一个诗人，对他来说，有何不可。

（文题取自诗歌《祭父》）

想起我不完美，你会不会逃离

是什么让我们，对一个素未谋面的小东西，倾注一切呢？

怀孕初期，整天跑去厕所吐，老爷总是抢着清理，用抹布擦干净后，就把房间拖一遍，又捡走全部垃圾；奶奶每日煮好三餐，而我只吃得下麦当劳，她总说不要紧、没关系，默默把一煲又一煲鸡汤、花胶汤、鲑鱼头汤倒掉；先生陪着我失眠，晚晚忍受坏脾气，劝我别再上班了，他扛得住。有好几次，我流着泪，把刚送进胃里的半粒安眠药抠出来。数十个晚上没睡好，愧疚与躁郁交缠，没人知。

第七周，鼓起勇气进入医疗中心，确定小东西有了心跳。医生指着屏幕说，这是头，那是手，她在动呢。我泣不成声，什么都没看见。先生顾着安抚我，也什么都没看见。后来，我们经常拿出那张只有一团黑色和一个白点的阴超照片，研究哪里是头，哪里是手，两人傻乎乎的，忘了许多不适。

第十一周度颈皮，小东西一直遮住脸蛋。医生笑说，怎么这么害羞？接着神速捕捉她挥开双手的一刹那，拍了张俏皮的照片给我。可是，有人跟我说，宝宝感受到压力或负面情绪，也会这样，推荐我读《妈妈，我记得你》这本书。读完没多久，我决定辞职。先生开解道，这是一种选择，而不是放弃。

当我第一次感受到胎动，沉疴的日子顿时有了光芒，孤独感也消失得无影无踪。从不知道，希望的轮廓竟可如此鲜明得触摸得到。我爱你。我爱你。我爱你。我的小东西，但愿你永生不忘。

动力来了，就设法认识预产期相近的妈妈。微信群实在太有用，同月生产的就有二百几人。时刻分享着讲座信息、母婴常识、最低优惠，结伴报读课程，组织各种团购，当然少不了美食照和抱怨声。糖筛不过关就互相取笑，总有人陪你一起奋斗。

终于，我不再在意何时睡何时醒。小东西依旧模糊，爱却一天比一天汹涌。天底下，还有比这更惊悚的事吗？每一夜，我都带着这个疑问，摸着跳动的肚皮，轻柔且愉悦地，想到早上六点。

（文题取自歌曲《全世界失眠》）

令人愤慨的不是受苦，而是受这苦没理由

星期天中午，产前讲座结束后，我背着几公斤赠品，捧着七个半月大的肚子，从十六浦走到台山，烈日灼心。

投完票后眩晕想吐，便到附近的小公园休息。正在喝水时，一个老婆婆拿着投票通知书，问我化地玛怎么走。见我脸颊苍白，她从残破的袋子里掏出一包话梅、一瓶药油。我赶紧道谢，她缓缓转身坐下。

“你投了吗？”我点点头。“早上儿子叫我剔某个号码，我不知道那个号码代表谁，平日他都不跟我说话。孙子出生后，我就让出小房间，睡在露台了。媳妇毫不掩饰对我的厌恶，好几年，完全当我透明……近来终于有人理我。”她落寞地拿出一张竞选宣传单，断断续续地，把自己说成一只腐臭的虫豸。

然后我就明白，遥遥无期的社屋轮候、层出不穷的交通乱象、睇病如赌命的医疗服务……种种跟她切身相关的重大问题，为何紧要不过一顿热闹的晚饭、一句温柔的关怀、一堆丑而无用的小礼物。无人在意她每餐送进口里的，是用白开水泡软的咸饼干、翻煮至稀烂的隔夜餸；无人发现她每日拚命地消失，天蒙蒙亮出门，深宵才回家；无人记得她有感觉，会难受、会心酸、会哭、会痛、会想念从前。

你有伴侣、有社交、有娱乐，手上那票，不就为了个人的利益、更好的将来？她什么都没有，也不会上网、无权看电

视，唯一接触到的，就是愿意释出一点儿暖意的候选人。你可以为了自己，她不可为了报恩？难道楼价跌了，她就有家？路不掘了，她就有地方去？澳门的发展，她为何要在乎？

看着她走向投票站的伛偻背影，我想起了朋友经常说起的，那个十数年在筷子基徘徊、有家不肯归的健谈露宿者。爱得如此坚持倔强，这一次，会否稀罕起霎时的暖意？

将“为了后代”打成利器，插在无人问津的长者身上，再把不如意的结果全数归责于他们，简直愚蠢可笑、残忍至极。

（文题取自歌曲《他举起右手点名》）

不言不语都是好风景

曾有一段时间，网络流传着一个句子：人间不值得。

说法也很多：生命太短，不值得你伤心纠结。经历太痛，不值得你来这一趟。活着太难，不宜久留。你配不上这人间。等等。

我躺在山顶医院的产床上，屏息谛听外间连绵起伏的嘶吼、号哭、呜咽、乞求，总想起那五个字。第三十六个小时，空气终于弥漫着血腥味。

助产士见我一用力，胎心机就静下来，便立即跳上床推压我的肚子。没多久，另一位助产士把婴儿轻轻放在我胸口。黏答答、红彤彤。她正奋力睁开眼睛，牢牢抓紧我的皮肤，耳朵磨蹭着我的心跳，柔弱地干哭，对这个世界非常害怕的样子。

有生以来头一回，我完全清醒、坚定、自信地认为，我那具破败的躯体能输出强人力量，无所畏惧地保护一个人。我的腑脏骨血能继续给她温暖。

助产士却急忙打电话，大声说，医生快来四号产床，胎盘出不来，十五分钟了，大出血。当女儿离开了我的视线，周围马上漆黑崩塌，我痛得快被泯灭，一边残喘一边祈祷。医生一到就叫我忍住，戴上手套迅速清宫，拖出一堆碎肉组织，甩在布满血水的银盘上，重复又重复。又唤助产士拿刮匙，说怎么挖都不干净。

会阴裂口缝第三层线的时候，我已失去呼喊的本能。像极一尾被彻底掏空内脏的东方鲀。

万一痛死了呢？我想抱住女儿。但医生说，流了八百毫升血，什么都别想做，而且以后抱到你不想抱。我终于哭了出来，眼泪簌簌爬满一脸。

再也没有比“以后”两个字更珍贵的了。我活得不好，经常怨天尤人、一蹶不振，并不怕走进鬼门关，直至你出生，直至成为你的母亲。

丁酉鸡年我亲生的宝贝，愿你和善坚强，心有所依，一生有瓦遮头，愿你知道我和你的父亲，好想永远为你挡，取单名，雍。

我看着你就感到幸福。人间太值得。

（文题取自歌曲《小聪明》）

因有着你，跟我一起，亲爱的你

Bobo 走了后几天，下雨又转冷。

对上一次去看它，是二十一年前了。母亲深陷忧郁之中，好几个月也没出门。我有预感她快撑不住了，故意哭闹要去二龙喉看 Bobo。那是她病发之前，经常带我和弟弟去的地方。离家并不近，想必对她有些特别的意义。

母亲穿上一件粉色花衬衫，面容显得格外枯槁。Bobo 正值壮年，在不大的牢笼里慵懒地玩轮胎。像在展示活着多好，天真得使人伤感。

她凝视着它，那双呆滞的、终日噙着泪水的眼睛，居然渐渐亮起光彩，瞬间把我带回阳光满满的童稚年代。

我冲口而出，妈，你今天真好看。

她把领口的玫瑰扣子，猛地扯下来送给我。一下、两下、三下，用尽全力。

其实一切都很模糊，唯有那刻，我太记得是如何咬紧牙关，忍住不哭不叹气。

没过多久，她还是走了。差十几天，就能等到缆车建好。

在我刻意遗忘的记忆隙缝里，关于 Bobo 的一切，都是和熙微暖的。甚至从不觉得它是一只黑熊，一只被囚禁的、凶猛孤独的野兽。

如今抛出一句“科学归科学”，Bobo 就要被制成冰冷的标本。他们可曾想过，夺走与我们共同呼吸三十几年的它的躯体，摧毁的是我们对它在彩虹桥无拘无束生活的幻想、逝水浮花中最无可替代的形象、下情上达的一丝希望？

然而，在官方的认知中，我大概是最没资格反对的人了，整整二十一年没见。向高高在上、轻蔑众生的人乞求一些同情共感，简直就是妄想。

只能请教，这个自命目光远大的科学决策，要达到怎么样的惊人成果，才值得曾带给我们那么多欢乐与能量的老街坊，被剥制、受刀剐，终日与药水味道做伴，永生不得安宁？

最贱不过被否定的感情，最凉不过人心。

（文题取自歌曲《天下无双》）

即使都是片刻，也留恋片刻的永恒

想当初，放弃一切做全职妈妈，没想过要请工人。即使被无尽的家务折腾得体无完肤，与社会严重脱节，遇见明艳照人的老友不敢打招呼，被忧郁狠狠碾压，我也甘愿精疲力竭地待在这样的循环里。直至十个月大的女儿再也不肯吃我所煮的东西，日复一日的徒劳无功，开始破坏我们的亲子关系。

她叫阿华，来我家的第一天，几乎没有说话。她说她懂普通话，我的表达能力也不差，可她好像不能理解，我只需她用心烹调一锅女儿肯吃的香粥。

只见她不疾不徐地收拾屋子，时间到了，居然在厨房端出一碗热腾腾、花碌碌的鱼粥。我吃了一口，酸酸甜甜，鲜爽顺口，且不带一点儿腥味。她见我疑神疑鬼地不断搅拌，便说她家在岘港，爸爸是渔民，从小就帮家里卖海鲜，懂得去骨，但搅成水状宝宝可能不肯吃了。然后再端出一碗来。

女儿吃光一整碗，我实时哑口无言。她说，这只是很普通的越南味道，而食，只占生活中的一个部分。她让我的女儿倚着她的胸膛，教她做出双手环抱交叉的动作，说这在越南，是晚辈尊敬长辈的意思。又说要帮我的女儿度晬，越南人会敬拜大地母亲，祈求它在宝宝不慎跌倒时轻轻接住她，不要让她受到伤害。我听着听着，鼻子酸得要掉出眼泪。那天晚上不断问自己，怎么容许生活中没有一点儿澳门味道？

打那以后，女儿就在两种文化互补互渗的状态下，快乐地胖起来。

前些日子，阿华和同乡去卢九公园泡咖啡闲聊，说那里有很多“你们”的图片，该找个时间带女儿去看。现在我知道，她说的是春草堂里的“澳门世遗、美食与传统”摄影比赛作品展。

是她让我明白，唯有构筑丰盈的精神世界，才能改变庸常生活的枯燥、晦暗心境的荒芜。她总让我想起《欢乐满人间》的魔法保姆玛丽·波平斯。

（文题取自歌曲《远辰》）

午夜太长，地图太细

灵感先生好久没来找我了，从前他常常不请自来，而我总是怕累，怕失眠，怕病，怕煎熬，怕溺死，一次又一次将他拒之门外。其实，我有不少时间可以用来写字，女儿一天睡十二个小时，我一天睡不到六小时，可偏偏，和她一刻也无法分开。这一年，当我尝试深潜，她的呼吸声，不费吹灰之力就把我拉回岸边。或许，灵感先生不想再所托非人了，下笔时，总觉相似的桥段一再重复，在写作的世界，我成了一个还未熟透就要腐烂的水果，被遗弃在绚烂缤纷的文字之海里，连浮动都惹人生厌。

那么好好生活吧。女儿总在早上八点准时肚饿，睡眼还未睁开就喊奶奶，吃到差不多饱才醒过来喊妈妈，一整个上午，我都迷迷糊糊的。想着这个阶段该玩什么游戏，讲什么故事，吸收什么营养，生怕遗漏什么没做，一直在赶行程，因为她中午过后就喜欢捣蛋。吃饭、洗澡、午睡、喝奶、去公园、吃饭、交流……在这个妙不可言的时间点，会觉得她又长大了，一天过得太快了，要怎样才不算虚度？自己都没有答案，只想让她快乐起来。于是，我们又更亲密，又更离不开彼此。喝完最后一餐奶，关掉全屋的灯，让她轻伏在我胸口，没几分钟就睡了。

十点开始，就是我的私人时间，可是，灵感先生不来，遇到一个精彩的创作，只会妒忌，看到悲伤的新闻事件，就只有痛，即使再多复杂的情绪缠绕，成品也都是千疮百孔。我真讨厌这样的自己，碌碌无为，在清寒的安逸中患得患失。从前觉得可以的人生，如今看来只是孱弱的表现。

一年将尽，愿所有悔悟，都为时未晚。

（文题取自歌曲《不眠飞行》）

大大的世界，要率真地感受

假若你在三盏灯到佑汉的路上，看见一个男人，小心翼翼地推着一堆奇怪东西，例如一个大大的笼子，里面装着饮水器、牧草架、便盆，上面堆满饲料、零食、木屑砂、保健用品、清洁用品等，还很可疑地背着一个会跳动的单肩包，那肯定是我的弟弟了。

每次离开澳门，他都会将他的兔子寄养在我家，日用品一样也没少拿。在他眼里，我大概是一个没有什么能力的人，成长过程何其坎坷困苦，也不曾请求过我任何事情，直至养了这只兔子。

我现在，几乎每个小时都收到他的微信，问它有没有不安、有没有厌食，要我拍些影片给他看，解解他的思念之苦。他曾经问我，会不会觉得很变态？可我又怎会不理解，看待一样东西的感情，比它实际是什么重要得多。

它虽然叫金仔，但其实是一只黑白色的安哥拉女兔。连洋娃娃都有点害怕的女儿，竟然初见就将它抱起，吓得它猛踢她的头，她不但没有哭，还拿着草追着喂。

金仔纯良得太过头了，抢它辛苦得来的零食，也只是可怜兮兮地洗洗脸，拍它屁股也站定定。也安静得太过头了，放不放入笼亦一样。不禁叫人心怜，在大自然里，它除了被吃还有别的命运吗？

从未看过女儿狂热的一面，几天过去还有增无减。金仔也渐渐懂得躲到沙发底，女儿也学会用特别大条的草哄它出来，或许察觉到我对这只兔子异常地着紧，她开始变得小心翼翼，不再轻易戳到它的眼睛。

这两个生命的交流，有一种脆弱的原始之美。我往往看得出神，焦躁的生活慢下来，方发觉平日跟孩子说着太多毫无意义的处世原则，天真地以为只要不断不断地说，就能把她培养成一个善良得足以给世界温暖能量的人。

善待小动物和爱屋及乌，就这样实现了。最难能可贵的是，她有自己的原因、自己的快乐。

（文题取自歌曲《亲爱的》）

已经太久，无法承受

安胎那段时间，我很少看电影和书，尤其是育儿的书，真没敢想自己能成功诞下孩子，因为思绪最后总会转向一切可能发生的不幸，除了恐惧就束手无策，所以最好是放空。

以极其缓慢的速度呼吸、进食、散步，打理夜里疯狂滋长的杂念，而我仍然一天比一天难睡，没有一个孕妇能大安旨意地生活。

微信群里预产期相近的准妈妈，常会分享消磨时光的好方法，最后一窝蜂追起宫斗剧，没看的连话都插不上，想不到在这个群里，我也会变成格格不入的异类。

还是气质相似的人能互相解慰。一个下辈子想做一条深海鱼的朋友，兴致勃勃地推介起一款养深海鱼的手机游戏——整个屏幕就只有一块珊瑚石，无论你点击或不点击，生命值都会增加，然后就可以换各式各样的深海物种。

画面、颜色、音乐、光线，都美极。最触动人心的是珊瑚石会忽然喊话："你今天过得好吗？""我们凌晨四点见。""你一定要按时吃饭。""下个长假你想去哪里放松？""如果一小时什么都不做，会发生什么呢？""我们梦里见吗？"……虚无缥缈的游戏指示中，让人感受到生活的温度。

可惜家里没有 VR 设备和浴缸，否则什么产前忧郁都烟消云散。孩子如今一岁多了，我有时还会点开那个"深海水族馆"，凝视满屏幕的蓝鲸游来游去。

早几日遇见那位朋友，打趣问他下辈子最想做哪条深海鱼？他说，你记得签到十四天就能获得的那只可爱的大王具足虫吗？在日本的三重县水族馆，曾有一只偷偷绝食了五年零四十三天，其间还常常动动前足动动嘴，假装吃得很享受，哄哄饲养员开心，最终它成功饿死自己，成为自有记录以来，世上绝食时间最长的动物。

他说，其实你根本就不喜欢那些自欺欺人的幻象，是时候去质疑身边弹指可破的幸福氛围了。我的心没跟着冷，反而像春风吹过，觉得一根根渗透着希望的芽儿要冒出来。

（文题取自歌曲《流星》）

还祈求什么说不出

工人终于忍不住问：太太，为什么每天都买玩具？

我想，是因为小时候寄人篱下，某年过年特别冷，阿姨买了许多双毛毛鞋，七个人住的房子，唯独弟弟和我没有。穿着一双夹脚拖，还经常出入医院，整个冬天，我们活得比铁块还冰。所以，我看不得女儿求而不得的眼神，总有一股狠劲要满足她。

年关对于生在破碎家庭的人来说，难过得哭不出来只想逃离，所有关心和祝福都听得格外不舒服，有来无往地讨红包也觉得羞耻。那段日子，趁大家睡着，我会偷偷去表姐床边，拿走她的 Discman，塞进一张翻版 *Di-Dar*，听王菲将所有情感唱得泰然自若，即使不甘也孤高。日间经历的辛酸，在聚满疼痛的夜里一件件强行放下，祈求隔日醒来，拥有一个新的灵魂。

长大一点，就和不喜欢闹哄哄的朋友一起过；再长大一点，就和相约白头的人携手去旅行。那时的我太脆弱了，明知这样很自私，也要以此证明自己在对方心中高于一切。这十几年，我都刻意避见他的亲友，喜庆日子总让我手足无措，放爆竹不如点根烟，寂寞的残渣也少一点。

现在有了雍雍，太想给她一个完整的、温暖的家，太多东西需要重新学习，过程中经常陷入深深的质疑。比如此刻除夕夜，无论如何将她抱紧，小心翼翼捂着她的耳朵，仍然被爆竹声吓得浑身发抖，大声哭泣呕吐不止。我该按捺住愤怒与蔑视，给她讲一个年兽故事，还是告诫她人多有白痴，知法犯法且危及公共安全。

在这混乱的一夜，我抚着她不安的脸蛋，过去渐渐变得透明起来。买少两双毛毛鞋，不能抹灭每夜为我们铺床搬被的疲惫身影，Discman每次打开都充满电，几乎不听的王菲专辑永远放在最上面。原来，世间最大的悲剧，是偏执。而恨与伤痕，是会一起消逝。

（文题取自歌曲《暧昧》）

哪有动情是意外

我喝醉的时候，觉得全世界都喝醉。复杂的人性、俗世的烟火、颓唐的往事，都转化成一道道纷繁的美景。说出口的都是带着爱的、善意的情话。听什么都觉得好笑，看谁都可爱。所以许多朋友喜欢找我喝酒，就算本身滴酒不沾，也会主动帮我乱点几杯。

没酒喝的饭吃不下去。所以我先生觉得，璀璨的巨型音乐喷泉、琳琅满目的自助餐、任饮的白酒红酒，就是情人节最无可挑剔的惊喜。他还觉得吃完这一顿，我们一家三口可以乐也融融地坐上缆车，欣赏表演湖动感十足的水舞。

深宵三点饿醒猛灌水的时候，觉得跟着这个人从未成年走到第十七个情人节，简直匪夷所思，满头黑人问号。无限畅饮的美酒在前，哪有不醉的道理，眼里哪有其他食物。当母亲以后，除了贺绫声送我一瓶保祖利，当晚自己一饮而尽，就没有碰过啤酒以外的任何酒了。其实戒是很需要缘分。就像你不想爱一个人，即使逃避的能力再强，对方在你面前晃来晃去，你也根本无法脱离命中注定的那股强大引力。

一家人出去，如果只有我一人开心，过后我会非常不开心。记得几年前一个寒冷的冬夜，和五六个朋友吃消夜，热腾腾的日式烧饼刚上桌，陆奥雷吃了一口，十分喜欢，随手拿张纸巾包了两块，放在口袋里暖着，说要拿给太太吃。那刻我忽然明了维持成功婚姻的秘诀，不过是时刻心系另一半。多少玫瑰都晒不过这两块饼。

宿醉醒来会发现，该检讨的是自己。一时浪漫有钱就可以，共渡难关也很易，最难的是柴米油盐酱醋茶，相看两不厌，今生今世一个家。但愿女儿没有遗传到我嗜酒的基因。

（文题取自歌曲《月亮说》）

举手无回你从不曾犹豫

“这位一直看手机的爸爸，你可以看一下你的女儿吗？”

我终于忍不住在大庭广众下发了火。他的女儿跟着我已大半个小时，倒不是因为她打扰了我和女儿的亲子时光，而是她做每一件事，都会转头跑向低着头的父亲，问他好不好、可不可以，但居然连一个假装关心的眼神都接触不到。

在狭长的黑沙环公园里，她由黄营均图书馆跟到我入大创百货，我给她买了一个吹泡泡玩具，她一边走一边吹，引来许多小朋友追，当中真的有些，眼角余光都没有人瞄。如果我有心做拐子婆，一天大概能拐十个八个，在这种半开放式公园，父母为何能没有一点儿危机意识？

形形色色的家长群及雇主群，几乎每天都流传着家佣顾着玩手机、跟同乡聊天，而疏忽照顾儿童的信息。记得有一次，有人澄清影片中人并非家佣而是母亲，责骂声戛然而止。那意味着所有控诉都不会得到解决。管别人的家佣叫作抱打不平，管别人的孩子叫作多管闲事，大家心里明白，怒火无论再怎么烧，都烧不死冷暴力，父母关起家门就可以无法无天。

我从不觉得自己是一个合格的母亲，育儿路上总是困惑又慌张，三分忙七分瞎忙，又蠢又龟毛。唯一懂的就是放下手机，给她尽可能多的陪伴，不打断她的欢乐，让她尽情做自己。当你老了，是想记住现在玩的一场手游，正在追踪的一个网民热话，什么非看不可的搞笑视频，还是那个渴望你响应、拥抱、关心的失望眼神？

这个黄昏，天很阴。在同一个地方，我再次看到那个女孩。她正跟着踩石春的大叔，向他讨面包喂麻雀。见我脚步渐近，她轻轻地做了一个“嘘”的手势，不知是怕我吓走满地找食的麻雀，还是远处低头划手机的父亲？

（文题取自歌曲《棋子》）

要复原为何会这么慢

大概病到只能躺在床上，脑袋无法运转的时候，才会明白自己的价值。对于绝大多数人来说，这个状态维持得足够久，就会明白自己毫无价值。起初一定有人牵挂，有人愿意等，但其实在世间，任何位置都能够找到替补，或者有你会变得更好，但没有你也一样挺好。

记得我刚开始发烧，家里一阵手忙脚乱，没人知道一天该泡多少奶煮多少粥，女儿指天画地想表达什么，洗澡水温不对一直乱动，老公和工人怎么哄也不肯睡，最后还是要送到我身边。

过了两三天，我仍然四肢无力，但他们已建立起一种新的沟通方式，半梦半醒之间，听到工人和女儿玩得很开心，脚镯上的铃铛清脆作响，她似乎活得不错，仿佛谁带她去荡秋千、溜滑梯、看麻雀、去图书馆，也没有分别。也许她心里觉得差了一点儿什么，偶尔会想起我们之间的暗语，但远未重要到危及生命的程度。

整天睡得昏昏沉沉，一个梦接着一个梦，景观一直在变，时间过去了，而我过不去。从前朋友的博客写满悲伤，如今都在脸书分享着幸福洋溢的照片，到底他们是从哪一刻开始快乐起来呢？书柜里的、衣橱里的、鞋架上的，大多和社会脱节了，喜欢的歌都过时了，却浑然不觉自己在何时被淘汰了。

女儿一个翻身就拍死那些胡思乱想，她半夜醒来看见我，总会笑着睡回去，以往经常抱怨她只肯跟我睡，此刻居然觉得庆幸，不敢想象她习惯了没有我的生活。

在浩瀚宇宙，人不过是一粒微尘；在社会里，可能是一个被压榨得干瘪不堪的果子；在儿女心中，可以是一棵参天大树。我们终将成为时间的灰烬，比价值不如比明亮、比存在的美。使身体好起来，把日子过好，才是活着的真谛。

（文题取自歌曲《心病》）

但愿你的眼睛，只看得到笑容

一些喜欢挑事的孩子，总能在人群中看出最没反击力的那个，故意把他撞跌还要去踩他手指，然后装作若无其事，没被发现就像获得了某种成就似的沾沾自喜。我的女儿就受过这种伤，所以，我通常在黄昏时分才带她去公园。

接近天黑时，她看见一个女孩在踢球，就指着那个球叫：波波，波波。那个女孩非常凶恶地说：是我的！你不能碰！走开！我跟女儿说，如果姐姐不想跟你玩，你就不可以去接近她喔。那个女孩，想必曾经被人欺负、排挤，或者经常被抢东西、被迫与人分享玩具，所以才会这么敏感。可是我能做什么呢？除了长叹一口气，带女儿去买一个球。

转身没几秒，就听到那个女孩的爷爷在跟一个妇人争执。从他们的对话中猜到，女孩挡住了滑梯，妇人的儿子推了她一下，老爷爷厉声喝止，男孩被吓了一跳，哭着把女孩再推了一下，女孩从滑梯上滚下来，老爷爷立刻抱起她冲上滑梯，打了男孩一个耳光，妇人方发觉儿子闯祸了，收起手机跑上去和老伯伯理论。

“你怎么可以打人呢？”

“是你儿子先动手的，还推了两次！两次！”

“大人打小孩就是不对！互相推撞明明很平常，应该被教而不是被打！”

“那他第一次推人的时候你在干吗呢？玩手机！”

两个孩子越哭越大声，我抱着女儿急急走了。

不禁想起前不久，台湾一个家长带孩子到学校报复“巴掌债”，把影片放上网还得到很多网友支持；又想起去年，浙江一个家长因女儿被同学弄伤眼睛，竟持刀到学校将女儿十岁的同学杀害，顿时感到非常心寒。即使发生的概率不高，但哪怕只有一次，不够及时去纠正孩子的错，或许就再也没有机会了。

世界从来不会跟你谈什么罪不至此。

（文题取自歌曲《人间》）

没借口哭得心碎

周日晚，出席了前同事兼大学同届同学的婚礼，与一些感情曾经非常好，好到无话不说，三餐四季都黏在一起的朋友久别重逢，内心喜悦而酸楚。我实在摸不透自己记忆力的运作机制，不见一个人，便一辈子都不会记起，可真的相见了，往日经历犹如夜寂炸开的一束束烟花，震得头都不敢抬起。

虽然可以说，这是一种解离症、一种人格疾患，但我更乐意称它为超级力量，转身泯恩仇何尝不是一种幸福，就连失恋是什么感觉都不知道。这道被水泥封住的门，我永远无法去形容它、想象它、打开它，却使我无惧于以低姿态重新开始。韩剧《浪漫是一册副刊》里，当了七年家庭主妇的女主角被丈夫抛弃，重回职场像狗一样生存，过时的技能和招数再三被唾弃，我只慨叹她为何无法忘掉旧日辉煌使自己活得那么狼狈。

新娘是与我一起执包袱去台湾读书的好友，后来能成为同事也是因为她的推荐。婚礼现场有不嫌我昼伏夜出、经常帮我买外卖的大学室友；有曾亲密无间的、暖如冬阳的男孩；最激动是重遇救过我一命的学姐，十多年没联络，我忽然记起了严重失眠的开始。

在宿舍的天台上，那个微凉的、绝望的夜晚，刚好遇见犯烟瘾的她，她又刚好有朋友在看家医科，便立刻帮我"借"了整整一排二十粒安眠药。对我来说，那是一个生之希望，再多的安慰和陪伴都及不上这份信任。也许你觉得她做得不对，是害了我，但你会愿意动用自己的人脉，冒险去帮助一个濒临崩溃的、有点危险的陌生人吗？避重就轻的甜言蜜语到底对病人有什么屁用？

不知如何去答谢一无所缺又强大的人，良缘再续也未必良缘，或许我这么支持同性恋，是想她活得容易一点。身体里有部分心弦仍旧被她触动，如同肌肉记忆难以磨灭。

（文题取自歌曲《如何掉眼泪》）

不愿放下心中的那把尺

以前我教书的时候，能够斩钉截铁地告诉学生，什么能做，什么是好。以善恶为标准、按校规办事太简单了，或者说在小孩的世界，是非对错太容易分清，我们总能用最肤浅的手段去解决问题：教他们凡事包容，息事宁人。

我很后悔当时没有想深一层，没有亲自去探究这个社会真实的样子。在当全职母亲的一年半，女儿彻底让我觉悟，被我教出来的那种成绩优异的乖孩子，在复杂的世界里根本不堪一击，甚至不可能心生美好。

如果说有人的地方就有罪恶，在世界人口密度最高的地区，无疑处处暗藏杀机。现实环境与教育场所差距太远，不够慎重的处理等同隐形的谋杀。我总是想不明白，小孩被打应该还手，还是应该忍一时之气，告诉能信任的人？还是打得过就打，打不过就跑？可是能跑到哪儿呢？又能跑多久呢？

记得有一次带女儿去诊所看医生，那里有一个小小童玩区，女儿走过去打算坐下，就被一个大她一些的女童呼两巴掌，我立刻把她抱走，想严正教导那个女童。然而，女童的外婆却挡在面前，不断向我鞠躬道歉，说孙女在生病，控制不住自己。

跟我道歉干吗呢？女童知错了吗？不会再犯了吗？但很明显老人没有让孙女向我女儿道歉的“威能”，她看上去是那么地无力和疲惫。

类似的事情发生过太多次，女儿天生自带容易被欺负的特质，帮她“过滤”身边的人只会让她日后更无法去判断危险，我希望她懂得呼救，懂得逃跑，不要一直吃亏。

在我母亲的年代，弱势社群待在不安全的小区，会同舟共济，守望相助，邻里帮忙看顾孩子是很平常的事情。现在只祈求“人不犯我，我不犯人，各自努力，各自安好”。若有一条法规能阻吓先惹事的人，天下太平不远矣。

（文题取自歌曲《而我耳已闭锁》）

五月的晴天，闪了电

连续下了一周雨，女儿平日在家一小时都待不住，我便带她把附近有瓦遮头的地方都走了个遍。可是，无论是来来、新苗、大创，她都逛不过二十分钟，其中十分钟还是对着猫粮狗粮挥手傻笑，让理货员都不忍直视。付费的室内游乐场原本是个好去处，但孩子一多起来，宝宝区域也成了陷阱满满的混乱战场，使我不得不另觅“出路”。才发现，成人教育中心和佑汉街市四楼，都设有小而舒适的儿童图书室。

初次接近那片区域，女儿眼睛猛地一亮，便摇摇晃晃跑起来，奋力从书架上抽出一本，捧在怀里仿佛得到一种微妙的沉静，比拿着任何东西都更愉悦和小心翼翼。她把书放在台上踮起脚尖笨拙地翻，不听我讲话、不想我伴读、不要我帮忙，经过的人都忍不住赞她乖，我却第一次感受到被这个八十厘米的小人儿排除在外，突然一阵天旋地转袭来。

常有人说，女儿长得像爸爸，笑起来、哭起来，眼睛、额头、眉毛，所有。她嫲嫲会说，至少手掌脚掌跟她一样厚。她爷爷却不怎么在意，黑黄的皮肤就说明了一切。我弟弟说她的头型、她的某个侧面，好像我们的父亲。

当然他们不可能知道，女儿皱起眉头，微微前倾，凝神看书的神韵，到底多么像我母亲。记忆中的她总是盘腿坐在角落，读琼瑶的《窗外》《梅花烙》《青青河边草》，沉醉地、柔软地、享受地。我对那些封面还有模糊的印象。

然而从来没有人，在我生育后、在我女儿面前，提起过她。我自哪条涌血的产道滑出，肚脐曾连着谁的身体，成了不值一提的忌讳。母亲和我、我和女儿，人间最无可置疑的血脉相连，却被整个家族无视如路边野草。

死得不好的人就没有保佑子孙的资格吗？我从凋空几年的旧房子，找出母亲的金项链，让女儿和我，夜夜枕着入眠。

（文题取自歌曲《流年》）

我们生来就是孤独

四年前，我刚认识古冰，他正在台湾修读电影系硕士，而我是报刊文化版面的编辑，只关心他的小说创作，经常以电邮交流。这个人总是带着强烈的抽离感，像只不沾世事的家猫，对任何事物都不坚持、不执着。叫他写稿，隔日就传来几篇，长而不凡，才情横溢，一字都不用改。

他有很多可爱的念头，比如开个会偷心的电台、在小教堂租个房间写作、窃听一条流淌着金砂的河流、将整个城市当作练字场、应征足球旁述员、帮地下乐团拍 MV、替全澳门的流浪汉拍纪录片。灵感过于丰沛，以致每样都只做一些，边做边忘也拿他没辙。

过了很久我才发现，他的本性只在聊电影的时候表露。对奇士劳斯基、安哲罗普洛斯、添·布顿、娄烨沉迷得一塌糊涂。奇怪的是，无论多么糟糕的制作，他都会以一种谦卑的态度去观赏，细味每一个镜头的温度。和他去看电影，我才意识到他是那个有血有肉有原则、敬业认真的导演叶廷铿。

有一次，我们看完《摆渡人》，聊起张嘉佳蹿红的原因，我建议他学习他的模式，写些睡前故事。他坚决地说，不会以讨好观众为目的。“愈做孤独的创作愈快乐”，他对生活保持距离，就是为了保持清醒。“想抓住一些永恒的东西，而不是流行的东西。只想拍自己喜欢的那一类、自己心目中的好电影。”

明天下午，他的《进化论》，将在恋爱·电影馆上映。

这是他的硕士毕业作品，短短二十六分钟。学位得到了，仍然经常飞往台北，不断剪接修改，总想表现得更激烈、更华美、更荒谬、更残酷。那些过硬的隐喻、过于执着的镜头运动，是他失序的开端、孤傲的最初。却使我相信，终有一天，他能够驾驭一切创作。

（文题取自歌曲《梵高先生》）

如果祸与福都躲不过

美食纪录片《主厨的餐桌》里有一集讲道，生于屠夫之家的意大利人达里欧·切基尼，有一天去畜牧场购买动物，发现照顾它们才是一生梦想。他努力念书，立志成为兽医，然而大学只上了一年，妈妈、爸爸相继去世，他不得不认命，延续家族二百五十多年的屠宰传统。

然而，杀害动物让他感到非常痛苦，手上深深浅浅的刀伤又在侮辱他身为屠夫的尊严。在心如死灰之际，他师傅的一席话拯救了他："动物出生时，我们要尽可能给它最好的生活，当它们死在我们手中时，我们要试着崇敬这份礼物。你经手的是一个生命，你绝对不能忘记这一点。"

地狱天堂，一念之间。达里欧以人道、友善的方式饲养出健壮的牛，然后开一间餐厅，卖只用火烤、不加任何调味料的牛扒。最本质的原味，居然是使人惊奇的、前所未有的滋味。他就这样告诉世界，效率至上的畜牧方式是何等残忍愚蠢。

生活变得有意义了，剩下的一个问题是客人只要牛排。他无法善用每一个部位，就觉得亵渎了一场死亡。"唯有做成美食，放在餐盘上让人了解。我要教大家如何好好吃肉。"所以如今你去光顾他的餐厅，就只可点那份五十欧元的菜单。

除了最纯粹的佛罗伦萨牛扒，端上来的可能是尾巴、腿部、肌腱、骨髓、臀肉、鼻子、眼珠……各个部位以不同料理方式连番上桌，还要跟全场的陌生人围坐一圈用餐，充满了象征性及宗教感。神奇的是，客人吃出了达里欧倾注的感情，恐惧同时一扫而空。各国厨师受到启发，也开始烹调以前不会考虑的肉品部位。

可笑的是端午前，澳门惊现“天价”猪肉，市民只是抱怨非洲猪瘟伤了荷包，忧心没有材料包粽，甚至计划从内地偷带一些回来。如此失格的人间，像极了一片乱冢。

（文题取自歌曲《末日》）

样样美食你也捧过，谁来请你坐

“喂？外卖到了，请开门取。”

“奇怪，怎么没看见你呀？”

“难道我走错座数？请稍等。”

“啊，不好意思！原来系统帮我选了旧地址！”

“可是我手上有很多急单啊！你介意在楼下等我吗？二十分钟到。”

我心怀歉意地抱着女儿出门，骑手如期而至，食物还是暖的。我以为会看见一张怒气冲冲的脸，然而他说：“早知你带着那么小的宝宝，就不要你下来了。”我突然眼泪打转，那一刻的感动像软绵绵的浪潮，卷走燥热，也卷走困倦。城市最美的风景莫过于此。

刚为人母时，没有任何后援，每天只能以面包、饼干、水饺充饥。即使有空去查看餐单、打电话、准备散纸，等待送餐的那段时间也焦急死人了。喂哺不可耽误，挤奶不可打断，万一遇着凶神恶煞又拍门又来电又按铃，分分钟神经衰弱。

外卖App就像及时雨般解救了我营养不良的危机。除了提供非常多的选择，还可以让骑手在指定时间送来，风雨无阻。我很讶异他们在繁忙混乱的交通下仍能准时，想必受过很多委屈才那么惧怕迟到，或许评分会大大影响他们的薪金？

记得一次女儿生病，凌晨仍然没法入睡，在我身上滚来滚去。我传个信息给骑手，让他将食物放在门口，他轻轻放在同层陌生邻居的柜子上，回复说放在地上不卫生，还拍照给我看确切位置，十分贴心。

前几天想吃冒菜，下单后却收到商家电话，问我可否取消订单，节省骑手五元，再给五元优惠，共减十元，到时付现金。我说，不了，以后也不会帮衬你，过桥抽板的人会良心煮食吗？我很怀疑。对方也知理亏，说他们被拖数，拖了很久。

不知辛勤的骑手有没有被拖欠薪金？App 已发展得相当成熟，愿它逃过衰落的命运，免得醉生于创新精神，梦死于不负责任。

（文题取自歌曲《天使的礼物》）

逗逗你的眉眼，让你喜欢这世界

“从四岁开始，妈妈每晚都会唱给我听。现在已经十三岁了，妈妈对我的感觉也不一样了。妈妈，我们还能回到以前吗？”在 YouTube 上听着张悬的《宝贝》，看到这样的一条留言。我很想回复她，有时候，妈妈不得不放手、不得不狠心，因为要让你长大呀，她也有很多无可奈何，然而对你的爱，一生都不会改变。

雍雍从一出生就跟我睡，小手总是抓呀抓的，摸到我的身体才睡得稳。后来会爬了，无论午睡还是半夜，都会很自然地爬上我胸口趴着。她酣甜又满足的样子，使我舍不得“纠正”，反正我常常失眠，也不觉得是负担。

一手带大她并不是最艰难的部分，放手给别人带才是。还有两个多月就要送她上托儿所了，近来开始为她做准备，对于她的“三不政策”，感到完全束手无策。没有妈妈，不吃奶、不吃饭、不睡觉。教科书说，不要在孩子背后溜走，要跟她道别，讲好什么时候回来。可现在她一听到“拜拜”，就会丢掉手上所有东西，疾速跑来抱着我的腿，哭得呼天抢地。

说到睡觉就更惨烈，别人一为她进行睡前仪式，她就感到惶恐不安，每一道门都要打开，每一角落都要找遍，看不见我就不要上床。先生说，窗帘不能拉，奶不能泡，灯不能关，若是她感到有人企图哄她睡觉，而那个人不是你，就会抓狂、哭泣、呕吐，眼皮多重也不肯合上，能耗到天亮！

雍雍，我多想顺其自然，继续做你的跟屁虫，天天随你探索世界，陪你等云朵变成动物的形状，等四季的征兆，无比珍惜你生命里的每一个第一次。焦虑密密麻麻爬满所有空隙，我更不知怎么跟你分开，不知如何才能让你喜欢那个没有我的世界。

（文题取自歌曲《宝贝》）

并不管你是否有伞

每晚我都提醒自己，明天一定要打电话给住在香港的父亲，可是近半个月都没有做过这件事。我很可能已患上“选择性”电话焦虑症，长辈的来电统统不接，甚至乎刻意避见他们。

小时候，没有话语权，也没有接收四方信息的条件，对于时事议题，只能听他们猛发牢骚。长大一些，开始厌恶他们的满腔怒气和独裁教育，觉得他们不过是一群经不起一点儿经济波澜的小市民，而自己有了能力做资料搜集，足以证明他们的所见所闻失实偏颇，然而无论呈现的是什么，对方仍能以一句话收你皮：“出来搞事的肯定是收了境外势力的钱！”

那些“钱”比薛定谔的猫更可怕，可以同时有和没有，就算不能够证明有，也永远无法排除没有。后来经历多了，知道很多事情不是表面上那么简单，良知泯灭的人什么都能拖下水，如果真相是一个设好的局，多少成分是演的你不知道，也就无法判清是非黑白。

现在他们老了，只求现世（表面）安稳，其他一切都不重要。我也当妈了，近日竟然有一瞬间觉得，他们的执迷不悟是想保护你，从小在你身上植入一个“争取权益＝搞事＝废物”的模因，唯恐你有一日走上街头遭遇危险、被利用或者被拘捕。

这是爱吗？这是创伤后压力症候群的遗传印记。曾有好几次，我带着女儿去探望他们，隔着一道铁闸，隐约看见他们匆忙关上新闻台，才缓缓将门打开，将所有注意力放在小人儿身上。避而不谈已是他们最大的让步。

其实我没有要表达立场，没有要寻求认同，更不是要跟谁作对，只是希望他们能看得广些，持平一些，想想这个越发沉沦的社会，想想什么是公义，明白“有些时候雨是不会停的 / 并不管你是否有伞”，成灾以后，谁也躲不过。

（文题取自诗歌《大雨》）

只有咒语可以解除咒语

当妈的经常被问：孩子乖不乖？我往往无法在一时之间回答。

女儿最近学会说一些字词，嘴巴却跟不上脑袋的速度，当我不能理解她的意思，她就会乱丢东西，发脾气哭闹。而我全心陪伴她、倾听她的时候，就很容易猜到她在表达什么。天大的事情不过水樽的排气管塞住了、零食不小心掉在角落了、积木拼不起来了、走累了、想睡了。回一句“妈妈来帮你”，三两下就解决了。若是给别人带，一定觉得她又吵又麻烦。

唯一让我理智和耐心都磨光的事情，就是她不肯吃东西。在她两个月大的时候，就因为厌奶而进过医院，每天喝不到三十毫升，连尿都没有。换过很多种奶粉，试过益生菌、解奶茶，甚至奶妈都找了，完全没有作用，那时我抑郁又狂乱，幸得文友甘草指导我在她半梦半醒间偷塞奶瓶，才保住了她的小命。我为此事跟她耗足一年，对她抗拒进食实在有巨大阴影。

不知为何近半个月她又发作，越南姐姐使出浑身解数，我又哄又骗又演又灌，餐具换过好几款，歌也播了，电视也开了，最后弄得全屋都脏了，还是不能令她把食物吞下去。渐渐消瘦的小人儿，指指鱼肉，指指图书，猛摇头。我好像感受到一点儿什么。“你不想吃小鱼儿跟鸡宝宝，对不对？”打从女儿出生起，我就把所有动物都说成是她的好朋友，前不久外出吃饭，她不断哭喊要走，现在才意识到那时桌上有一条被蒸熟的鱼、一只被炸了的鸡。

把所有肉味调走，她终于肯吃一点。孩子的感情就是那么纯洁，能保存多久只能靠大人了。

（文题取自诗歌《你正百无聊赖我正美丽》）

你才是这世界上无与伦比的美丽

我家越南姐姐是一个单身母亲，女儿即将上小学，晚晚打电话撒娇，妈，我想买新裙子、想要iPad、想要同学的佩佩猪玩具。妈，暴风雨来我好害怕。妈，婆婆买的生日蛋糕我不喜欢，你为什么不回来陪我呢？

隔着电话，她总是给予她希望，给予她面对生活的勇气，从不说一句晦气话。待我的女儿也是如此。早十晚八，没有一刻停过手，也没听过她喊累，下班后，还会帮人做指甲、做面膜，到处交收衣服。星期日休息也会来煮饭给我十分挑食的女儿吃，总开玩笑说，出街会花钱，来看宝宝最好了。

她们很能吃苦，只是有时，社会待她们太不友善。小区中心从来就不欢迎她们，哪怕她们带着澳门小孩。有一次，越南姐姐告诉我，天气热得公园都发烫，她便带女儿到公民教育资源中心，却被职员拦住了：这么小的孩子会看书吗？越南姐姐说：她爱看书，也很乖，里面明明有些孩子比她更小！

其实我一向有留意，孩子来玩，若是家佣带，职员一定盯得很紧，一个蹲下来的动作都不容许。若是父母带，大多是礼貌性提醒，或是透过责怪家佣，暗示他们的孩子也该收敛。若是老人带，呵呵，横冲直撞也视而不见。

佑汉街市公园几乎每周都有公开表演，很能吸引老人和小孩，通常都不需门票，预留很多空位先到先得。工作人员会靠直觉判断，让澳门居民优先进场，只是我不明白，为何需要家佣照顾的老人或小孩，就没有坐上去的资格呢？

我看见一些家佣在栏杆外，将小孩抱得高高，一些家佣推着轮椅，在场外左摄右摄。大热天时，汗流浃背，难道不是因为她们想为缺少亲人陪伴的老幼，争取一点儿快乐？

（文题取自歌曲《无与伦比的美丽》）

跟你踏过许多足印，舍不得转身

弟弟出发去东京前一天，急急问我借行李箱。我一时反应不过来:“早晚都要买新的，怎么不赶快去买一个？”他说:“只是轮子坏了，拿去修理就行。”澳门还有修行李箱的师傅？会有生意吗？人均GDP全球第二的地方！他也不晓得，上网一问，原来佑汉街市小贩区、草堆街、关前后街也有。

换四个轮子要三百多元，而且他的太老旧了。我告诉他近年出的花款多么“善解人意”，除了静音、防水、质地轻软韧性强，还可以给购物狂显示重量、给手机成瘾症充电、给冒失鬼显示位置。他居然说我傻，东西用越久越舍不得换，那是“摸得到的记忆”。

后来，我看见他的行李箱就懂了。那些配件，那些刮痕，那些贴纸，该累积了十多年了，那个时候他才刚刚与现在的妻子谈恋爱吧。我先生是那种不懂得买东西的人，他一个人逛一整天也可以空手而回，哪怕目标是一双黑袜子。我弟弟也穿得破烂，那却是他努力要维持的样子，像木心笔下的人，“能做的事就只是长途跋涉的归真返璞”。

我经常笑他们，其实内心是羞愧的。一副身体穿得下多少衫裤鞋袜，有数得计。查找维修行李箱的过程中，弟弟发现了一个叫作“澳惜会”的脸书专页。那里有很多环保信息，如胶樽、铁罐、铝壳、玻璃樽、奶粉罐、玩具、外卖盒、衣服、袜子、床单、花网、包装纸、咖啡渣、扭蛋壳、木塞、横额、电子仪器、各种纸类等废弃品的回收点，还有一些补鞋、补衣、修伞、修表师傅的联系方式。

拥有最昂贵的东西，并不代表美丽。拥有再多的替代品，并不代表快乐。地球之肺还在烧，到底挥霍是显得体面，还是无知又自私？

（文题取自歌曲《记得忘记》）

没有金嗓子亦可原谅

除了作文课，人生第一次写文章，是怎样的呢？

我还记得那一次，是通宵达旦，看了几百遍范文，带着许胜不许败的心情，字斟句酌反复琢磨铺垫。他很忙碌，不可以写得太长；他看上去很慈祥，可是天气闷热，那就不要刻意煽情，最好是微苦中带点亮光；他好像知道很多，那就不必抱怨及强调家庭背景；许诺的时候，要谨慎，也要有着同龄孩子的天真。

写好了，简单冲个凉，又把文章修修改改，确认没有一句废话。终于到了最困难的验证：他阅读时的感受是否全都如我预期？我要我的文字是奥斯卡影帝。我要它演出到位，每一块肌肉都有戏；我要它感染力强，情节多不合理也具说服力。这段很好，但很明显是为了博取同情心而卖弄文采；这个句型挺漂亮啊，可是太违和了，统统砍掉重练……

天快亮了，弟弟见我没完没了，忍不住说：“我们校长很好的啦，管你写什么，他根本不舍得踢学生出校。”可是我不敢懒啊，仿佛留级两年、处于退学边缘的弟弟的将来，就决定在这封七百多字的求情信里。

也是由于他最终能够留下来，我第一次觉得写作有用，且值得下苦功去磨炼。让它成为一个载体，精准地表达自己的想法，避免因口才不好而吃太多亏。

想不到二十几年后的今天，通信软件已活跃在日常生活中，语音消息也可用文字回复，命运还真待我不薄。但我从没幻想当作家，那需要足够高的天赋、足够多的想象力和阅历；可不是生活所迫，努力一下就会有。

（文题取自歌曲《歌姬》）

最动人的创造永远下场一样

全身麻醉后，手术完醒来，感觉自己是条被劏过的鱼，搁在摊档上苟延残喘、疼痛难当、动弹不得。而我终会好，它们却不会。为了快点好，我还每餐喝鱼汤。

“见其生，不忍见其死；闻其声，不忍食其肉”，在顶级掠食者的道德品格上，我简直比“君子”更加伪善。除了从不进街市、不下厨、不杀生，进食时还刻意不去回想它们原是有血有肉的生命。弟弟入厨十来年，每天都在剖鱼开蚝拆龙虾，起初怕我不舒服不敢告知，而这真能全部算在屠宰业、烹调者身上？只要你有吃，你就有份为他们的杀业买单。

上月初，花莲县政府核准太鲁阁人感恩祭，狩猎五种保育类野生动物，当中包括穿山甲。人们争相发起联署，当地居民却惊讶不已：“这里早就没有穿山甲！我们的传统本来就不抓！”好死不死，上月底，它就被CITES（濒危野生动植物种国际贸易公约）列入“极危物种”，比熊猫要高两个级。

这样一种人畜无害、简单低调的温和动物，由于“善打洞，披鳞甲”，就被无良商人成功包装为“打通一切”的灵丹妙药、辟邪产品，短短十年至少有一百万只被残忍捕猎，从亚洲杀到非洲，现存的八个种类，无一幸免濒临灭绝。

将它们捧上天的是罪魁祸首；捕杀走私贩卖的极之可耻；但你们知道吗？最该背负这份罪孽的，是迷信这种烂玩意儿而跟风购买的愚昧群众。

对穿山甲没兴趣？胆汁用过吗？鱼翅吃过吗？那只被开肠破肚穿上铁衣，插入铁管抽取汁液的黑熊，一生须受剧痛无比的七千几次酷刑；那条被割掉背鳍、胸鳍、尾鳍的鲨鱼，还得被丢回海里挣扎挨饿直至血流而尽，全因为有人买单。

也没有兴趣？象牙呢？皮草呢？鹅肝呢？都没有吗？羽绒呢？你有挑选人道的制造商吗？不然的话，那些浴血的白鹅，每年将继续遭受五六次拔毛之苦，皮肉撕裂便以针线粗暴地缝合。

只要有人喜欢并出得起钱，就算实际上毫无用处，也会有人永无止境地掠夺、掠夺、掠夺。

哪怕手段何其疯狂，哪怕过程何其残酷，哪怕踩着多少尸体。

（文题取自歌曲《最好的》）

想到这里，怎么我会哭了呢？

某天中午，托儿所打电话给我，说阿雍突然发起高烧，我便立即去接她，她一见我就放声大哭，双腿用力夹着我的腰，把我抱得好紧好紧。她一定很不舒服了。

她生病的时候我抱着她多久也不觉重，有时是几个钟头，有时是一整晚，可是那天要赶上班，只能匆匆搭巴士回家，把她交给越南姐姐。她一见我转身就失控爆哭，飞奔过来用身体挡住木门，“妈妈抱！妈妈抱！”两条鼻涕喷了出来。我试图哄她睡着，她好像知道我的计划似的，无论如何也不肯闭上眼睛，最后只好叫越南姐姐带她去超级市场，悄悄开溜了。

道理我都懂，要跟孩子好好道别，说明要走的原因，保证何时会回来，让她看着你离开而不是凭空消失，才能建立安全感。可是在哭得撕心裂肺、呼天抢地的当下，在身体不适只要妈妈呵护安抚的当下，在被悲伤困惑和分离焦虑淹没的当下，有可能静下来听你东拉西扯，再给一个 goodbye kiss 吗？

在路上，我打开家用网络摄像头，看见越南姐姐抱着她轻轻摇晃，细语哼歌，十足我平日哄她的架势，可她却拚命挣扎，挺腰蹬腿，状甚痛苦。越南姐姐哄到三点，我忍不住打电话给她说，算了，你尽力了，煮些粥给她吃，带她去公园走走吧。不久，上早班的爸爸回来，他认为阿雍自出生起没有一天不睡午觉，便尝试哄她入睡。但很快，他就给我打电话，说阿雍有点不妥，一直哀哀叫，并把手伸进口里，但又没发现嘴有破洞或红点。

下班后我归心似箭，打开家门那刻，阿雍丢下所有东西扑向我，眼睛眯成一条线，还泛着泪光。越南姐姐说她整个下午都没有吃喝。“妈妈看！妈妈看！”我说，“看哪里呢？”她张大嘴巴，我发现有一条头发扎着她的喉咙，拉出来竟有十几厘米长……

（文题取自歌曲《家》）

需要阳光的宝贝，我的向日葵

正常正经的人总是离我很远，或装作不远。我不喜欢勉强自己，更不喜欢为情所困，所以尽量避免结交朋友，只在乎很少的人。这使我能专注地使他们爱我更深，于是待在身边的都不普通，世界越简单越安稳，所以我幸福，任性也放纵。

可惜好景不长。就在去年盛暑，一位不知从哪本童话里跑出来的男孩，带着一个快乐的脑袋、一双纯净的眼睛和一颗善良的心，把那个将所有原则都安全困住的密不透风的坚实铁窗，一瞬间变软熔化，让所有构成都骤然改变。

比如再亲近的朋友，一个月也不会见多于两次，却能一周有三天和他待在一起；比如我惯于在荒凉的城市边缘思考人生，他却使我在同一位置欣赏星空，听海耳语，把灰的漆成光；比如我不曾让熟悉的人读我的文，不曾把华丽的长句改短，不曾重视任何节庆，却想在今天这个特别的日子，写些字给他。

然而我该怎样在炎热的夏天，述说一个将要告别的男孩的暖？

就是刚相识时，因为你饿把你带回家，让你和家人同桌吃晚餐，把能够分享的种种丰裕、美好、失落、残缺，都毫无保留地呈至你的生命里。教你看星直到雨来；教你游泳直到天气变冷；教你乐观直到学会奔跑；教你随缘直到经历过的苦难，都变成时间的灰。这样一个对陌生人有礼，不隐瞒，完全坦诚，永远带着善意的男孩，这样一种即使认识也难认出的宝贵又稀有的暖，真的要足够幸运和足够厌世，才不会误以为平凡而错过。

每次在他身边，周遭事物都友善得像一个谎言。和我喝过酒的人都说我酒量好，不会醉，那是因为我知道极限在哪里，就像你知道容器有多大，就能在满之前不断斟，不断斟，只要不让它泻，你就一直平安。感情也是如此。生活也是如此。二十来年里，让我安心跨越界线的人，他还是第一个。

那些快乐的时光，仿佛拨个电话就能重过一遍；仿佛再次喝醉，压在星际十六楼的吧台上；仿佛为了小说的细节，跑到龙爪角却迷了路；仿佛离家出走无人找，吃药后不知所措；仿佛不小心把电单车驶上不该走的桥；仿佛在瓢泼大雨中等闪电，也会有一个人愿意放下一切，心无所想地赶到你身边，不惊奇，不训斥，不忧虑，不改变任何现状，不解决任何难题，就是赶到你身边，然后待在身边。

我想，无论是否信仰上帝，一生中总有些安排，会让人敬畏命运，总有些遇见，会让人深深感恩。而这暖如冬阳的男孩，这天赐的亲人，就够我心悦诚服。

为他的快乐，我从不吝啬，可是能做的，又那样地少。他除了有非常好的父母，还有非常多的朋友，生活上一无所缺。或者，陪他等月亮出来，听他弹弹吉他，躺在并不那么舒适的沙上，看低而近的云，渴的时候及时递上一瓶水，给他一个无人唠叨的角落安静地做梦，让他缓缓叙述《圣经》的故事，仰望瑰丽的晚霞，在忙得焦头烂额的日子装作有时间，记住他遗忘的东西安放的位置，便是能做的所有事。

有时我会有自己怎么变了很多的错觉，但很快就厘清，这其实是另一个我。对着除他以外的七十几亿人，我还是那样。粗俗，慵懒，堕落，爱抽烟，自以为是，容易失控，随时失踪。他聪明的地方在于他非常明白，让秘密保留原貌的唯一方法，就是它永远是个秘密。你不想说的，他通通不问；你不想他知道的，他就不再好奇，这种低调的付出，又是那么温润如玉。好人一生平安，我得到了很好的实证。

不过，当我打算开拓不一样的职业生涯，放弃成为年少时非常向往的那种人，辞去奋斗了两年才得到的稳定工作，他快乐的脑袋，终于落寞地想，或许我很快就不再需要他了。即使上司再三挽留甚至调职，我也没有质疑过这决定，但那一刻，我真的有。他又一次动摇了我坚定无比的理由，而正因为他不具备人皆有之的阴暗部分，所以某些较为复杂的心情，他再用力投入配合，也是不会理解的，每当这种时候，我都索性不作响应。

我要走了。记得第一次说这句话，是去年深秋，从北京回来，在机场外。当时彼此还没有情同手足，因此说得很轻易，也确实认为后会是否有期并不重要，在台湾读大学时同窗同室的挚友，在毕业典礼上也没有作过正式的告别。

想到离开以后，再也没有办法形影不离，再也不能在陌生的场合里依靠他，就觉得自此，我都比从前任何时候，更加需要知道他活得好。

虽然他不懂，这才是我力求获得的一种需要。

请好好保重，当我不在的时候。

（文题取自歌曲《阳宝》）

好想告诉你，告诉你我没有忘记

生命里很多时候我们都在等待，而时间总是无情地向前狂奔，无声无息地带走了我们的花样年华。一些人守得云开，得偿所愿。一些人由满腔热血等到热情冷却，白白浪费了许多光阴，却还是一场空。一些人从不放弃，弹指间年华老去，绝望之际突然与之邂逅，却发现完全不认得。一些人死去活来，绚烂坚持，竟又是一场妄想。

这么多年来我只等过一次。我们是青梅竹马，都是单亲，那年弟弟功课不好被踢出校，我非常烦躁，一个还未到十岁的安分守己的孩子竟然差到被放弃，实在想不通。就在情绪开始不稳的时候，我初一的班主任，当着全班的面，颁了一个“最可笑大奖”给我，大家似乎也真的认同。

放学后我一言不发，他忽然就出现在旁，说，走，我们去找学校。我说我要故意留级，然后努力读书。他说好。然后我们一起堕落，功课抄一些欠一些，缺点记到十八九个，考试前一晚把课本留在学校，到青洲图书馆借古龙的《欢乐英雄》，跑在鸭涌河里读，储钱买烟买酒，醉生梦死，很有相忘江湖的感觉。虽然常常感到失落，却也容易满足。

不被期待的孩子，如果足够坚强，就完全是自由的，如果有个伴，那就等于拥有天下了，没有一事可悲，没有一地可喜，没有什么做不得。我们就是这样愚蠢而快乐地度过了一些日子，直到那一天，他不见了。

就这样消失了。

两个礼拜后收到一封信，里面只有几句话：母亲嫁给了美国人，我只能跟过去。陪君三万场，不诉离殇。

我没有回信，只是等他，特别在暑假，每天不出门守在电话旁，终是等不到。几个月后又收到一封：有时候，不见面是为了更加记得。

重读那年考第八，初二考第四，初三戒了烟，也都没有告诉他。只要他活在别处，就跟我再无瓜葛。然后我爱上别人，当年的我也随之死去，我始终认为爱一个人要先死一次，也要清洗自己的人脉，梢头旧恨只能是生命外的旷漠风景。

可我却没有办法再等待任何一个人了。

《那些年，我们一起追的女孩》的结尾，沈佳宜热泪盈眶地说，谢谢你喜欢我。柯震东笑着说，我也很喜欢，当年喜欢你的我。坐在旁边的同事已泪流满面，感动万分。她问我，你有这样爱过吗？

一刹那，回忆在阴暗的角落里摇曳生姿，想起当年如何照耀彼此眼目，如何亲密无间形影不离，回忆翻涌如同粉身碎骨般剧烈，心中有尖锐的羊角扶摇直上，直至刺穿之后醒来，付以一笑。

本来我只是无聊陪她去看，一早就看过小说，没有太大兴趣，可是没想到，我们所遗忘的一切，稍一不察就被这部电影不知不觉地填补起来，最能引起共鸣的作品最受欢迎，九把刀的成功是必然的，大家仿佛都这样爱过。怕是最后能记住的，只有那些不属于自己的。

岁月蹉跎而过，很多东西都敌不过时间轻轻一碰。回家已是晚上十二点，我倒了一杯 gin，继续回想那些距离遥远的前世今生，仿佛看着自己二十几年光阴寂寥地经过生命，又走开。

（文题取自歌曲《那些年》）

被这风吹散的人，说他爱得不深

从武汉流浪回来时已是冬末，这里跟五十多天前一样，但我希望自己有所改变。下车那刻十足横贯了太平洋的八爪鱼，除了匮乏、疲惫和极度饥饿，还在感慨可往何处去，人民币昨天刚好花光，想买个打火机都没钱，真悲哀。

仰望那密云满布的天空时有点眩晕，广场上一片无瑕金色，仿佛自黄昏的尽头蜿蜒而来，雾气缠绕如梦幻的诅咒，美丽得有几分虚假。当我行尸走肉地在人群中穿行时，忽然有人拉着我的手，转身发现是林辉、麦嘉进，六年不见还能在眼神交流间准确叫出彼此的名字，我们都笑了。

林辉问我一个人去哪里，我觉得说谎会被他们一如既往地看穿，便老实说不知道。麦嘉进提议去喝酒，那是大家的共同嗜好，我当然说好，接着问他们借打火机。我们像六年前那样在关外点烟，遥望澳门万家灯火，但已不觉孤寂，至少夜空被赌场照亮了半边，突然之间又想远走高飞，看看身旁两个男孩，又觉得可笑。

麦嘉进拨了几个电话，讲了几分钟，我几乎睡着，林辉说不如做他第一位乘客，私家车牌刚刚到手，车子随即就问人借到，也方便送我的行李回家，然后大家都后悔了，他那手车开得比出租车司机还要狠，简直就是一次死里逃生。

回家后第一件事找手机，五十四个未接来电，只有两个是男友打来的，还真无奈。梳洗之后，觉得疲惫不堪的自己在镜里反映的那副尊容勉强可以见人。由于不想再坐林辉的车，便坚决地挑了我家附近那间略嫌简陋但气氛不错的酒吧，他们先在里面等。

到场后发现见过的有两三个，没见过的有五六个，不过无关紧要。喜欢喝酒的都是朋友，从来不必打招呼也无须经过介绍就可以一起玩乐直至散场，隔天睡醒习惯性地把对方忘记得一干二净，彼此心照不宣。

一向喜欢独自喝酒的我，却在那晚发现原来一群人喝酒也有不少好处，因为太过陌生，又太过热闹，想说话的时候可以任意参与，想沉默的时候也听不见伤口流血的声音，想笑的时候自然有歌声掩盖那些空凉的回想，想哭的时候总会有觥筹交错的安慰，甚至可以瞬间忘记许多痛苦，即使明白它们并非真正消失。

可是别人机关算尽我也始终喝不醉，低头耻笑那一地“横尸”时，林辉拍拍我的肩膀，说:“小瑶，这几年你怎么过的？”我笑得更大声了，女孩们半开玩笑地抱着自己的阵亡男友，直指我能够完好无缺是由于林辉照顾有加，为了平息干戈，只好自罚三杯，出去点烟。

拿出最后一支烟时我竟无力点着打火机，似乎已经累得不能辨别眼前景物，只是愿意帮忙的火焰太过耀眼，我低头把烟点着，抬头就看见了麦嘉进。彼此轻轻一笑，因为认识太久，所以无话可说。

几分钟之后他还是开了口，显然是经过考虑，不过我怎么也想不到原来他已经考虑了六年那么久，他说他上次在学校门口碰见我时已经很想对我说。

“对不起。”音量小到几乎听不见。

“我不明白。”从他口袋里拿出一支烟。

我不明白为何到最后逃避的放低的是我，难过的执着的是他，不过无论我有没有忘记，他这一提亦是没有好处的。但我只是温柔地说我从来都没有觉得他对我不起。他继续抽烟，示意他并不相信。

“对不起。”音量更小了。

我的心隐隐作痛，他到底欠我什么？因为我不肯要那个还未出生的孩子？不肯早婚？我人间蒸发似的离他而去又需要道歉吗？虽然不想纠缠下去，但我有点明白他了。

我说：“你既然已经觉悟，我就要你今晚还清。”

天空终于都下起雨来，虽然不似堕胎那天那场雨，也够触景伤情了。

唉，要怎么惩罚一个我思前想后都觉得没有亏欠我的人？为了让他好过点，我用余下的一丝气力反复思考，万念俱灰之际望着夜空，对他说：“载我去黑沙吧，看你会不会被交警抓去坐牢，醉驾可判得不轻，没被抓的话，就去跳海吧。”当晚只有七摄氏度，又下着雨，但我的心比什么都冷。

最后当然是安全到达，我才不会拿性命开玩笑，对一个老爸开车行，七岁开始喝酒，初中就开始无牌驾驶的男生，即使八号风球环岛都易如反掌，澳门那么小，哪里有路障，他再喝几打都不会记错。

雨中的黑沙显得更加荒凉，视线范围内空无一人，我们像两只落汤鸡似的，不断颤抖，麦嘉进把车乱泊之后问我冷不冷，语气中却没有想要回去的意思。

“我太喜欢这样了，只要之后不会头痛，我很乐意一直站在这里，抬头看那些冰冷尖锐的雨降落之前的美丽的漆黑天空。”我笑着说。

“所有寂寥的环境都是我们喜爱的。”他也笑，我们是如此了解对方。

只是我们已经不会再在街上闭着眼睛一前一后走路，他也不会在我看书看得忘了吃饭时，用手盖住我的眼睛，对我说，你是学不会照顾自己的。

也不会每天早上打电话来把我叫醒，聊到七点五十分挂线，飞快奔跑到学校门口彼此遇见，一起步行到课室快乐上课。

更不会在每个礼拜六下午爬上望厦山，寻找那个非常隐蔽但可以眺望狗场的角落，背靠背地安静抽烟，直到太阳彻底下山，牵着我的手，避开所有流浪狗送我回家。

虽然此刻，我们依旧可以在冰冷的拥抱中做一场繁华而甜蜜的梦，不过心里明白终究要醒，像六年前那片被我们写满了“我爱你”的沙滩一样，即使再多山盟海誓，如今残痕也没有，就像不曾发生。

雨依然下得妩媚，我们坐在沙地上聊起一些无关紧要的话题，他的轮廓在暗黄的路灯下显得更加干涩，我的眼眸里只有他寂寞的影子，穿行而过的是一双抱歉的眼睛。

“对不起。”

这句话第三次从耳边经过的时候，我终于承受不了，疼痛漫溢，泪流满面，最后剩下纯粹的、冷冷的叹息。我躲开了他想拥抱我的，那双我爱过的手，想起从前就开始发热，回忆灼烧着每一寸肌肤，最终燃起焰火。

“没有，没有，没有，你没有对我不起，由始至终。”

他是如此专注地看着我，我也就不再流泪，之后大家都把话讲得非常漂亮，想问的装作不想知道，但是我们都会分辨，回不来的是哪些。

说到彼此现在的对象，他依然是那句口头禅：“什么都缺，就是不缺女人。”而我实在不知有什么好说，那个日忙夜忙的男人，心里除了工作和那些远大理想，连我想要什么，介意什么，不安什么，做过什么都不知道，而我一忙，他便去找他的异性知己了。

但我什么都没有说，即使对着麦嘉进，我始终认为守口如瓶是对爱人最简单的保护。

“我们是两个世界的人。”我轻描淡写地说，以为可以把话题终结。

“你竟然会爱上一个不懂你的男人？”麦嘉进匪夷所思地问。

“很意外吗？我只是很难想象他对我千依百顺时，背后却不停数落我。”我有点激动地说完之后，又觉得自己过分。

“你……在开玩笑吧？你醉了吗？”仍是匪夷所思的语气。

“那个人你不认识也应该知道是谁的，是你初中的同班同学。”我晦气地说。

“他是谁我没兴趣知道，你到底爱他什么？”仍是匪夷所思的语气。

这个问题太多人问过了，我依然不懂作答，因为即使到了现在，不管为他错过再多放弃再多，被他辜负再多伤害再多，最后得出的结论仍然是这个男人一点儿都不适合我，但我依然照单全收，包括他令我痛不欲生的背叛和无比绝望的态度。

“杨瑶你变了。”麦嘉进说。手指抖动，烟灰落在棕黑色的软沙上，像寂寞燃烧之后的灰烬，从一开始就没有温度。

“所以你也不用跳海了。”我别过头去。然后，他边抽烟边唱着陈奕迅的《十年》：

十年之前 / 我不认识你 / 你不属于我 / 我们

还是一样／陪在一个陌生人左右／走过渐渐熟悉的街头……

十年之后／我们是朋友／还可以问候／只是那种温柔／再也找不到拥抱的理由……

那晚聊到天亮才离开，其实沉默的时间更多。六点半回到家，饿到不省人事后躺了一个礼拜，康复后竟然清醒许多，人就是这样，永远不知道自己几时会醉，为什么醉，要醉到什么时候，于是我又旧技重施，像上次那样改电话、换MSN、搬屋、辞工、随便买张单程机票，离开那个令我万劫不复的男人。不知道今次回来的时候，能不能像上次那样，轻描淡写地说一句：澳门，不如我们从头来过？

和麦嘉进亦没有再联络。记得十年前我也这样爱过他，可是如今记住的只有那句对不起，对象可以失而复得，而人不能。

有很多事情在一夕之间发生，又在一夕之间结束。

从相识到此刻的道别，从当初到如今的抱歉，一切都是刻意充填在自己身体里的负累，是沉重的，亦是多余的。

彼此已经负担不起多一个十年去拖，去欠，去等，去纠缠。那就谁都没有必要去铭记，感谢，道歉，内疚。

曾经沧海难为水，除却巫山不是云？

我们只是曾经而已。

（文题取自歌曲《借》）

岁月长，衣裳薄

下午醒来后，寝室空无一人，从高床往下看，书桌上有几张字迹整齐的便条纸，是室友们用调侃口吻写的关心话语。我便知道他们这两天不会回来了，大家都回家过中秋节了。

爬梯子下来，双脚抽搐，非常难受。想起洗脸盆裂了还没修，于是直接洗澡，把水压调到最大值，冰冷的乳液连带温热的水在我身体上猛冲，袭来一阵陌生的眩晕。急促、激烈，仿佛一种没有缠绵的吞噬动作。

来到这里一年多了，抬头，微风清凉，浮云片片，这个周末，高雄的风格外刺骨。

梳洗过后，我独自走到85度C咖啡店，点了一杯苦甜刚好的卡布奇诺，咖啡香悠长浓郁，在这样的氛围下非常温暖。喜欢喝咖啡是很久之前的事，不能喝酒的时候，自然就成了寄托，而且它并不昂贵，这是一份迂回的安慰。

凑巧的是，咖啡的创造原本就是为了取代酒成为另一种兴奋性的提神饮料。

我迅速喝掉半杯，慢慢地清醒起来，也许因为很烫，而四肢仍然无力。天空偶尔有寂寞的云层不复回头地缓慢经过，我用右手托着脸颊，侧身凝望夕阳洒在落地玻璃上的一片金黄。

想起明天是中秋，心中万千种情绪混杂纠缠，就似无形群山轰然坐落，不知不觉，离家已经那么久了。

一路以来，我对“家乡”并无一个完整的概念，直至前晚去吃广东菜，老板熬了一煲杂菜鸡汤，喝第一口就觉得非常亲切，跟阿姨往日煮的黑枣莲子炖鸡汤有种奇妙的相似感，虽然欠点火候，但一样温婉，仿佛能治百病。

阿姨称得上是乡间数一数二的厨艺高手，也许因为她母亲的缘故。她一直潜心钻研广东菜，除了因为她是地道的广东人，估计还跟个性有关。快人快语、灵活务实、从不计较，于是钟情于广采博收、追求生猛的广东菜系，就不足为奇了。

母亲去世后，她便负责我和弟弟的伙食，起初一日三餐到如今偶尔喝汤，菜式不多却百吃不厌，所以无论味道、卖相还是煮法，我都记得非常清楚。

最喜欢的是她煮的白云猪手，我看她不过是用沸水煮至软烂，捞出凉凉后，加点调味料搅拌而已。后来才知道，这么简单的几个步骤，对我来说，却如开凿蜀道般困难。

十五岁那年觉得自己足够坚强，带着弟弟呼天抢地要搬回老家，果然各方面都没有问题，只是不到三天就非常怀念阿姨煮的菜，可是想起信誓旦旦的言辞，不能回头就只好靠自己。

记得那时去图书馆借了一本广东菜谱，买好材料开始烹煮，尽管如何计时调校，却无法像阿姨一样把它们焖到骨肉分离又皮爽肉滑。

那么麒麟鲈鱼就想都不用想。除了味道甘甜鲜美，外观还悦目诱人，翻阅图片和步骤，也足够使我望而却步。

当年以为经验不足才煮不来，如今回想阿姨那种云淡风轻的神韵，即如那年一样冷汗淋漓，一头雾水地怀以敬畏。

她总是轻松自在，见我在身边，便淡定清晰地边说边烹煮。把鲈鱼切下头和尾，从背部剖开两大片，每片斜切成六块，下刀要快而利落，然后用酒、胡椒粉、盐和味精腌一下，香菇泡软对切成十二片，把刚才切下的鱼头鱼尾排开置于盘中，鱼肉、香菇、火腿、笋片各取一片组成一组，排好后放入蒸笼八分钟，最后把盐、味精、水、香油、淀粉勾芡，调至适当的稠度，淋在蒸好的鱼面上就可以了。

然后我就明白，一些东西，不用尝试就知道不会成功。世界总有很多事情，能够言明不一定听得懂，听得懂也不一定做得到。

不过稍微努力一下，海南椰子盅和荔枝虾球还是可以学会的，比起刚才所说的两道菜，也实在简单许多。

海南椰子盅就是把椰子从蒂部锯成椰盅，倒入蒸过的冰糖，上笼蒸一小时后加银耳和椰奶。它在任何时候都是一种美味的饭后甜品，在夏天自然成为最美味的饭后甜品，甘洌醇美，犹如空水澄鲜。

把银耳和椰奶换成海虾肉、鲜鱿鱼、鲜鱼肉、鲜带子，再配一些调味料，就变成椰盅海皇了，那种清香如同美女泡完冽泉的体香，纯净得无从置疑。

而荔枝虾球的做法不一，我尝试在上面放辣椒，荔枝被牙齿切割与舌尖触碰的那一瞬间，令人错觉它是鲜甜润泽的凝结之血，虾球则香醇清爽、不油不腻。

阿姨会做的菜式还有很多，而我特别喜欢以上几道，我喜欢它们带着温热和关爱进入肠胃，然后缓慢地在体内扩散，让看不见的色泽，自动刻进每一滴血的精魂。

曾经跟她学了很久，最后很没志气地彻底放弃了。我是个专情的人，放弃了就不愿随便拾起了。

于是那种温暖的感觉，一直忘不了，一直思念，一刹相似也让我感怀万分。来到台湾之后，遗忘了很多，记起的更多，变笨了，变矫情了。

幸好懂得在沉沦之际急急离开。那般美好的事物，因距离而有了思念，思念又成了伤害。

我抬头看，天已暗了，几乎看不见星光，那抹高挂的圆月，却美得仿佛从地狱里逃出升天，皎洁妖娆地散发亮光。我想明天的月亮必定更美。

定神看着落地玻璃反射的那张寂寞脸庞，真的不像我。特别是一边胃痛，一边看着餐牌上的菜式犹豫不决，这个想法尤其强烈。

最后疲惫不堪地空着肚子走回宿舍，头痛欲裂地赶作业报告，没完没了地翻看课本，跟一堆幻觉纠缠不清。

相思病泛滥。我对自己说，中秋节快乐。往事如疾病蔓延。

无比怀念阿姨煮的住家菜，无比怀念澳门，如同无比怀念我的无拘无束、我的为所欲为。

（文题取自歌曲《再见二丁目》）

冥冥中该来则来，无处可逃

2011年开始，新西兰、中国云南、日本、缅甸先后发生灾难性大地震。当中日本最为严重，其释放的能量是2008年汶川大地震的二十倍，其引发的超级海啸更具毁灭性，许多无辜的生命还来不及反应便与世长辞，似乎大自然想告诉我们，即使拥有再先进的预警系统、再好的耐震建筑、再多的防灾演练，亦无法抵御它的反扑。

身处福地的我们也惴惴不安，几乎每一条关于日本的消息都不放过，开始怀疑世界末日真的要来，一些人消极抑郁，一些人冷眼旁观，一些人重新调整，一些人则积极地规划梦想。这时网络上突然冒出几个自称了解真相的先知，以绝对的覆盖力迅速散播“食盐含碘可防辐射”的谣言，再理性的人在狂潮席卷之下也难以保持镇定，结果内地港澳齐齐盲抢盐，闹出国际笑话。

一个月过去，死亡人数仍每天更新，媒体仍不时播出灾后惨况，核辐射仍严重地扩散着，可是我们不再恐慌了，也不再关心地震的事，抢过盐的人更是没有感觉，似乎这个坏消息是假的，所有坏消息都是假的，害怕再被骗，宁可过得不明不白，也不愿寻根究底。毕竟有多少人能够想象同一时间内几万人痛失家园是怎样的境况。许多人真切地为此悲哀过，可亦不少人，就只有那么一下。

是不是因为我们活在一个没有天灾、人祸、战争的地方，过惯平静安全的日子，就没有所谓的危机感，于是顺理成章地把一切都留待明天？日本历劫后我们有说过活在当下好好爱人、善待父母坐言起行诸如此类的话吗？结果维持了几天？假如末日将至，今天又会否过得不一样？为什么限期未到，我们的作业就不碰，工作就拖着，愿望就放着，勇气就藏着，爱也不敢说，总是在等一个理由，想很多借口，最后所有理由都找到无数个推托的借口。

只有很少人意识到，真正的末日不过是自身死亡的那刻，而它可以在任何时候、任何地方、任何人身上发生。丧于地震海啸中的人，丧于西方联军空袭利比亚的人，丧于孟买贫民窟大火的人，丧于各种大病意外的人，他们已经历了末日。上天是不长眼睛的，像惊栗电影《死神来了》一样，谁都可能在死亡名单上，只是此刻，死神仍包容我们的惰性及懦弱，但他亦不时留下一些警示，告诫我们时间有限，若再不行动，不管末日会不会来，终将一无所获。

有时间看报纸的你，何不停下来想一想，憋着的话要不要说，暗恋的人要不要追，放开的手要不要牵，欠下的债要不要还，多余的东西要不要处理，我们或多或少都有一些很易达成的心愿，那为何它仍是个未了的心愿？想看王菲的演唱会，门票太贵；想去西藏，怕跋山涉水；想打政府工，机会太微；想学钢琴，没有天分；想健康，运动很累；想聚旧，等对方约；想学车，很危险；想种花，懒得去买；想晒太阳，离不开网络；想参加比赛，还是算了；我们为什么不稍微努力一下，改变一下不满的现状？

此刻，日本还在灾难中，死亡的威胁仍然若隐若现，面对别国这样一场无能为力的悲剧，我们只能默哀并给予最真诚的祈祷与祝福，然后惜福，重新审视自己的生活。如果现实总是那么不尽如人意，能变好的部分更要把它变好，对吧？而我在这个月里，对自己做出最大改变就是对厌恶的事情不再动怒，譬如说，对生命不尊重的低劣言论、荒谬的侵权事件，以及奇怪的人间蒸发。

（文题取自歌曲《单行道》）

让我短暂快乐很感动

我说我又想走了，实在无法在一个地方逗留太久，高楼毗连的环境令我窒息。

你说我在台湾念书时日夜都想着澳门，如今回来又四处找地方逃离，不会累吗？

然后我记起你几年前的一句话：“这生无论你想去哪里，去多久，我都陪你，可以选择的话，一步都不会离开你。”

果然，你真的常常放下一切来高雄找我，甚至分手后你依然实践着这个承诺。

当初以为你纯粹觉得这个世界对我来说太危险，不放心我一个人游荡，又或者我去的地方你都有兴趣，后来从别人口中得知你根本不曾放弃过我，所有陪我的假期都经过艰难的调整。

终于，我打开封尘已久的收件箱，原来你承诺过的几乎都实现，而且许多都还在坚持，而我竟然忘记得七七八八，你会否怀疑我是天下间最爱自虐的女人？

闻说你近来不太好，无理的编更与烟味所引发的失眠与咳嗽，还有忽冷忽热的天气，使你日渐消瘦，对生活也失去热情和憧憬，过的每一刻都在受折磨。我鼓励你时你还强颜欢笑地说，你终于明白我念书时连续十几天失眠的心情，也终于谅解我吃史蒂诺斯（思诺思），以前不应该自以为是地劝我，还一脸内疚，说以前爱得不够全面、不够多。

那刻我才惊觉，原来你那么需要一个分手的理由，而我连这么卑微的要求都不会给，移情别恋你信吗？

其实你心里明白，我没有不爱过你就像我没有不爱过澳门，我对家人也是这样，对一切在乎的东西亦是这样，包括文学，永远爱，却受不了永远一起。

你是一个心态健康的正常人，喜欢简单，喜欢安稳，喜欢一切美好的东西，你预想的将来是那么快乐：供一间北区的高层，两年内娶我，养一只黄金猎犬叫金仔，生一个孩子叫张章，每个黄昏一家三口带着金仔去水塘散步，直到金仔老死，直到张章成家，直到我们牙都掉光，走也走不动。

而我却只向往幻象，从小就嗜酒如命，渴望流浪与消失，沉迷疼痛，疲于被爱，不畏人言，迷恋普拉斯，根本一切都与你相反。

就算我们从不要求对方了解自己，却还是免不了两个世界的重叠，免不了两败俱伤。

你说我是外星人，而你是外星人的俘虏，如果我把你拐到太空，你就定居在太空，但请不要嫌弃你不是王子。

我真的很佩服你，无论何时都在坚持，而且用尽方法证明我所怀疑的无关紧要的事，而我稍为迷失就想放弃，而且是不断放弃。

每当感情非常好的时候，我总会人间蒸发，或以一个可笑的理由把你奚落到体无完肤。

第三年你终于丧气了，还记得那个失眠的深夜，你传给我的简讯："一个人爬，每次以为有些成绩的时候，总是突然之间摔下山，我好灰……"

亲爱的，我不想把责任归咎给任何阴影、环境，或者背景，对着你从来都不用找借口来掩饰那些病态，我就是那么不堪，那么不爱自己，谁会理解我在安逸时的骚动，生活只能以疼痛铭记。

亲爱的，请你相信我很乐意以别的方式与你厮守，但我很怕这样会令你无所适从，虽然你说过除了我谁都不爱，而且不止一次，在分手后。

可亲爱的，如果我背后永远有个你，我就难以去珍惜爱我的人，唉，我依然死性不改，什么都只想到自己。

或者你认为世界上没有谁会像你这样宠我，终有一天我会回到你身边的，而且确实和你分手后不到五十天，我就不幸地发现了这个真相，还深切地体会到你的伟大与坚强，我的霸道与任性，但除非世界上有根除自虐的良方，否则就算回去，也不过是让悲剧重演。

但愿世上只有你知道我的无情以及无耻，我的意思是希望，不再有下一个不幸者，或者不再有人爱我。

很多故事都记不清了，里面一定有很多复杂的幸福和悲伤，你了解我的脾性，无论再轰烈，一转身就只有自己。

但有件事你一定要知，而且要尽量忘记：你永远是我的宝贝，我永远爱你，就像在花莲、高雄、美浓、旗津、绿岛、知本、淡水、阳明山和安平古堡时那样。

（文题取自歌曲《燕尾蝶》）

喜欢一个人孤独的时刻，但不能喜欢太多

下午一点半已探访完所有小朋友，比原定时间早了四个小时，平白多了半天假，无事可做，想起阿姨有一份遗产尚未处理，就到财政局走一趟，告知姨丈时他伤感地道谢，我也瞬间放下心头大石，冬日的阳光似乎能蒸发所有负能量，心情不错，去麦当劳吃个最简便的餐，然后四处走走，停停看看。

如此随性地对上一次，仿佛已是咸丰年前。放假时总有班好姐妹相约 shopping，有急事或无聊时你总会陪着我，不舍得我一个人过，而其实我也很喜欢一个人的时候，于是时有失踪，见怪不怪。

读高中时，我就很喜欢从人烟稠密的新马路，走到霓虹孤寂的青洲海边，逛逛服饰店、眼镜铺、大型超市，走走不知名的小巷，记记特别的街道名称，沿途总有喜欢的风景值得停下来欣赏，宏达书店和澳门广场是必去之地，往往逗留到黄昏，也不在乎自己什么时候才能回到家，有时或许会遇见想见的人，澳门太细了。

养成这样的习惯，多多少少出于自恋，若然找不到志同道合的人，宁可一个人，也不将就，不妥协。但是太随性也不好过，比如今天我逛完百佳，买了瓶 750ml 的 Choya 梅酒，还有一堆合味道，心血来潮很想看书，便捧着它们，拥拥肿肿地走去星巴克旁的边度有书。

一如既往疯狂阅读，没忍住就挑了几本，而其中一本，书名令我纠结了好久……《他走了，不是你的错》，细字标题是“了解自杀，与亲友的心理重建”，当我细读一页页密密麻麻的小字，眉头深锁，压在心口那片巨大森林开始动荡，随后失形陷落，旋即一股暖流注入心脏，悲恸莫名。

那个封闭的世界，终于得到了安慰。有些东西我连回想都不敢，书中竟然就有了答案，十年黑暗与凄楚，瞬间涌出，也瞬间消散。

（文题取自歌曲《太多》）

千千万朵云掠过我的躯壳

当朴树以沉稳温暖的嗓音哼唱“我曾经毁了我的一切，只想永远地离开”，我都会悲切怀念他十五年前哀伤、落寞地站在舞台上，低吟“谁来证明，那些没有墓碑的爱情和生命”；当王菲揉嗓轻颤“如果再见不能红着眼，是否还能红着脸”，我依旧清楚记得她凄婉嘶吼“他来，我对自己说我不害怕我很爱他”；当身边的一切逐步失去原来的模样，曾无比尊重的日渐轻佻，为之狂热的不再流行，苦心栽种的都被别人收割，我仍然不求甚解，不思进取，不想反抗，固守在自己的国孤单凝望，任失望无以复加，任外界无视、遗弃、噬咬。

双亲认为不喜说话及足不出户是相当严重的问题，并且断定我毫无病识感，于是强迫我到身心科就诊。医生说我患有轻度抑郁及社交恐惧，给我开了百优解及佐易眠，提醒我勿擅自停药，让社工安排我参与互助会。当病友们滔滔不绝地分享痛苦的康复之路，而我只是冷淡地说，我喜欢活在拥有他的日子，那时一个面八元，吃肥牛很奢侈，鲑鱼很罕见，板樟堂很高雅，搭巴士保证有座位，北区有一大片蔚蓝的海，向珠海微仰能看见北极星，打几年工就可以买楼。便有人极之哀怨地站起来指责我故意刺激大家脆弱的心灵，使我不得不（假装）难过。

第二次参与互助会时我醒目地准备好对白，高声朗读还不忘义愤填膺：“造物主啊！抑郁症真是你最邪恶的发明，让关心你的人厌弃你，爱你的人远离，悲伤到寻死还落得个懦弱的骂名……”大家难过地激动点头时我心想，其实胃痛也不相伯仲，只能在边饿边痛或痛到脱虚之间做选择，且不能挺胸做人，还会应景地疯狂发作，比如此刻。病友们见我面容扭曲即满怀凄怆地拥过来，这种厌恶的感觉，大概类似非常想呕吐，而一条尖骨自身体凭空长出，利落地穿过肺腑后刺向心脏，梗塞在喉颈间。

忽然，一个女孩把我从人群中救出，将我带到南湾湖水上活动中心，极之凌厉地睥睨着我说：“第一眼就看穿你这无知又固执的垃圾。”难道她想推我落湖？虽然一向无甚求生意志，但今天只有七摄氏度，于是我灵光一闪：“唉，每个人差别不大却也是独一无二，为何医生有权分类？”湖面此际喷出大型水幕并响起音乐，她坐到木地板上往黑色皮褛内袋摸出一包特醇，我伺机释出善意：“真好，刚才正在思索吃什么能降低饥饿感同时减轻胃痛。”她抽出一根吸燃后递向我，问我为何不再拥有他。

从我那么多假仁假义的废话中听出了重点，看来她每一次发作都非常清醒，而这种失控最无药可治。我把长靴脱掉故作镇定地坐到她旁边，自针织冷外套摸出一个克莱因瓶，呼出肺内的烟说：“人人都是伪装大师，习惯活在谎言中，只表现快乐那面。爱不是靠讨好去维持，亦不应受外界干扰，开始了就没有终结。他送我这小东西表示，我们已在同一天体。他人即地狱，而我们在同一天体，没有离开或退缩的余地，懂吗？”她没有看向我，可我哽咽三秒，还是忍不住把眼泪流出来。

“为使自己不忘记，只能这样活。我宁愿心安理得地不见天日，以冷酷的姿态在真实的回忆中狂欢，也不愿面对这个繁杂陌生的世界，放弃坚持，被迫容忍，让感官日渐麻痹。”

“是不是他突然就不爱了呢？”她始终没有看向我，说时也不带感情，所以我并不十分肯定这句话真正想表达的意思。

“没有什么是突然的，我分得清哪些是真。排长队过关买一碗酸辣粉给我，是真的；走遍三家图书馆借齐《古龙全集》给我，是真的；到处找兼职赚钱买电子鸡给我，是真的；连日到鸭涌河捉蝴蝶给我做标本功课，是真的；体育一直不及格陪我到松山练跑，是真的；漏夜赶来为独自在家的我打蟑螂，是真的……难道很久之前发生的就不是真的？抑或上传到网上的才是发生？”

“我是他的妻。”她一字一字缓缓吐出，然后摸出一个一模一样的克莱因瓶，深吸一口烟大声笑说，“这东西，世间还有谁会送？”

（文题取自歌曲《玫瑰窃贼》）

轻轻的微风，也在试探思念浓薄

回澳四个月了，曾以为不会想念高雄，我最好的朋友，都说我是无情的女人，然而我终于承认，当日的偏执是大错特错，时间令我不断否定自己，甚或一些根深蒂固的观念。真是愈老愈长不大，你们可会怪我？

大四是非常艰难的一年，首先是身体不争气，在医院住了半个暑假；然后是表弟的严重车祸，使我整个学期不断往返高雄和嘉义；再来是阿姨的辞世，竟然跟我母亲的方式一样，悲剧总爱恐怖地重演。很长的一段时间，我把自己封起，拒绝所有关爱与温暖，终日沉迷在网络游戏、聊天室里，直到不能回忆。

认识我的人都知道，我是个很讨厌解释的人，我欠你们太多解释，很多哀伤难以言说，那些日子我每天都在玩命，没有安眠药的凌晨痛苦万分。可是身边总有这样的人，任你神色淡漠、冷言冷语，依然照样陪在身边，有时还会心血来潮，说一句你太不正常了，但我相信你有原因。

正因身边太多人宠我、包容我、愿意花时间理解我，使我失去了表达的欲望，渐渐连文章也不写了，话也不多说了，但回到这个既熟悉又陌生，既爱又恨，弥漫着颓靡气息的城市，一切都得重新适应，虽然我知自己无论身在何处都是怪人，别人怎么看亦无所谓，我仍能我行我素，但偏偏愈沉默，便愈觉无所适从。

幸运的是，我找到了一份相当适合自己的工作，福利还不错，虽然不是我的理想，但那些不幸的小孩使我每天都感恩。其实每一个人都不太正常，差别在于他们的不正常我们用眼看得见，没有人有资格歧视他们。每当看见他们的奋斗和努力，还有治疗带给他们常人无法想象的痛苦，我就无法不爱他们，想为他们写些字，而终究没有下笔，我怕我泪流不止。

今天，澳门翻风了，我还是跟以前一样，无论盖多少被子都会感冒，所以特别怀念没有秋天的高雄，不知我的好同窗是否安好？而我一切都好，就依旧欠缺酒友。我常常想，意外时有发生，健康有什么用，最重要能安之若素，对吧？

（文题取自歌曲《暧昧》）

只盼云散重见青天

往黑沙海滩公园烧烤，需要经过一条大直路。

你会刻意记住途中的洗手间、冲身区，会记得滑梯和秋千的位置、露营地那些五颜六色的小帐篷，甚至记起松鼠与小鸟、浪花与云朵。

下一回，当你走到大直路的尽头，看到那堆参差不齐的烧烤炉时，不妨将视线往上移一些，会发现每一个炉都有树荫挡住阳光。我想，最初规划公园的人，希望保留原始风光，尽量减少人为设施，于是把每一个烧烤炉都设在树下。

偏左的那边，有一棵特别显眼的大树，上面枝干被黑色布带包缠，附近有一张提醒人们已施药勿触摸的告示。你可曾留意过，它主茎上挂着的那块醒目的绿色牌子？

“朴树；澳门古树名木，编号 No.0049；抗烟尘及有毒气体，可作厂矿区绿化树种。”它守在这里，已逾一百三十年了，而黑沙海滩公园，落成不过三十多年；一九九二年才被评为“澳门八景”之一。

你可以想象这棵百年老树，曾遭受过多少风吹雨打，包括人类和一些虫鸟的摧残。它理应是长在海陆交界的，老朴树生长的地方，就是最早期积水的边线。你可以想象这里闻名的黑色细沙，被海流一点一点带来，海岸线慢慢后退，堆成半月形的迷人沙滩。人来了，动工了，成了小学生必来的旅游之地，成了景点，成了澳门标志，后来，成了你的童年回忆、你的初恋回忆，或会成为你最喜欢带孩子来放风的地方。

老朴树看着这里开发，是黑沙历史的见证者，它固执而顽强地适应着一切改变，由最初烂烂的湿地到如今脚下快被水泥全部盖住，仍然长到十三米高。材质轻却不易折断，是临海阔叶植物中最能弯曲的物种，于是树冠十分宽广。

在炎炎夏日，枝叶猛地向天空伸展，既盛大又柔美，仿如一张细节丰富的篷布，被烟雾弥漫的有害物质围绕，也丝毫没有委顿的样子，能为你遮阴，为你挡挡过云雨。在萧瑟冬日，苍劲有力的枝条更是散发着古雅幽情，落叶殆尽的树形更显漂亮，还结出小朴籽给小动物度过年关。

它不珍稀，但无可替代。要是你每年都来黑沙，它就是看着你长大的，无论日子过得如何，对自己满不满意，无论你有没有发现过它的存在，再来这里的时候，特地去看看它吧。它会让你感觉到能屈能伸，山河无恙，被冷落没关系，活着就是很好。

（文题取自歌曲《叛逆者》）

孩童只盼望欢乐，大人只知道期望

一个城市，到底需要多少游乐设施，才足够儿童嬉戏？

近年有那么多公园翻新，澳门半岛和氹仔都在海滨兴建了大型休憩设施，怎么天气好的时候，除了吃饭时段，也全都挤满了人？三岁多的女儿喜静不喜闹，哪怕气氛是欢乐的，哪怕是参加同学生日会、形形色色的playgroup，她都只是紧紧埋在我的怀里。我不知道如何让女儿不那么抗拒人多，很多个周末，我们都只是看看熊猫，做做劳作，无所事事。

当我得知龙环葡韵那条超长生态步道开放预约，仿佛发现了别有洞天的世外桃源，自此便经常带女儿到那里打发时间。栈道非常好走，同一时段仅让五十人进入，低头是一大片天然湿地，抬头暖阳碧空。女儿说，觉得世界好大好大。金光大道与湖光山色，高楼大厦与水鸟蝴蝶，葡式建筑与中式韵味，居然同时映入眼底。

在一个初冬周末，龙环葡韵正准备变身为一片花海，既为庆祝回归，又为装点圣诞，万紫千红，如火如荼。我们走完栈道以后，精神更加饱满活脱。女儿此时反常地拉着我走向人多的休憩区，停在了一个银色乐谱架之前。只见小姐姐旁若无人地擦拭小提琴弓，不一会儿，清亮悦耳的旋律翩然而至，虽然没有多少人驻足欣赏，演奏已然融入空气中每一个分子。女儿问我，姐姐拉琴是拉给谁听的呢？我说，你喜欢听那就是拉给你听的了。

没有任何艺术只为某个特定群体而存在，就像不为谁绽放的花儿，就像无私的月亮，只要拥有一颗发现美的心灵，就能让生活充满滋味。

（文题取自歌曲 *Shall We Talk*）

留恋不需要哭，需要一首怨曲

澳门新冠疫情最严峻的时候，学校停课，赌场停业，通关受限。网友传来拱北地下商场齿留香餐厅结业的消息。

那间小店，在我搬离北区以前，常常特意过关光顾。当我在脸书上看到它的铁闸贴满“旺铺出租”的招纸，青葱岁月如满湖螃蟹横过我的眼眸。初尝酸辣粉的滋味；街边档的喇叭裤、露脐装、盗版碟；袖珍版手冢治虫漫画、《老夫子》；绑满弹力绳的手拉车……耳边甚至响起“修眉修甲弹面毛”“有靓碟有靓碟”之类的声音。已经好多年没有想起这一切。

妈妈在香港回归那一年上了天堂。我对发病之前的她，只有零星印象残存，那间小店是能通往那些回忆的一座浮桥。

上世纪八十年代末，妈妈在制衣厂做包装，总是背着一个特大的红白蓝帆布袋上下班，漏夜修剪衣服翘起的线头，可是仍然入不敷支。

那时候，很多新移民尤其住在北区的经常走水货。妈妈往珠海买餸时，也会顺道带些货物，有时实在拮据，要我放学跟着去。在关闸华大新村、怡南大厦、彩虹苑一带，捎一条烟仔几把雨伞，或一袋袋分装好的日用品，过关后交到指定地点，便能攒得一餐温饱。

勤苦的蚁族披星戴月地劳动，哪会想到违法？哪会想到造成滋扰？哪能想象今天的人人喊打，人见人憎？怎么看都比较像底下阶层的残酷物语、绝处逢生的草根精神。

仍然依稀记得，往街市和供销社的路上，那些徒手热塑的玻璃工艺，铁线绕颈的卖命表演，一片狼藉的小地摊、车仔档，混杂着水产腥味、腐烂蔬果味、人体汗味。在七八月阳光的直射下，会有被烤熟的亡命感。

妈妈总是不经意地说起离乡背井之前的日子，为了生计任劳任怨。可是，她跟小贩讲完价，转头便把省下来的几毛钱，让给缺手缺脚的乞丐小孩，她从不会白白给我零用钱。

同学、朋友、邻居，我所接触得到的人，一样穷得叮当响。初恋对象也只能在周末约我，到物价低廉的珠海莲花路拍拖。酸辣粉两碗十元，支装饮品两元，我们还得共喝一瓶，他还不时给我加一只皮蛋，买一块盐水菠萝，黄昏便去情侣路散步看晚霞，一天好容易过。然而一星期二十元人民币，对他来说也相当有压力。

同学不小心说漏嘴，原来他经常到海皮附近的士多玩老虎机。一次，他连中两个 Bingo，以五元赢得一百多元，老板认定他使诈，自此禁止他再踏入士多一步。

妈妈知道后大发雷霆：“以后你休想跟他出去玩了！年纪轻轻居然靠这赚零用钱，我完全不能接受！”我斥：“燊哥也是靠赌起家的，有什么问题？”妈妈赏了我一巴掌：“你做多点功课才驳嘴吧！人家并不是因为赌赢钱才当上博彩龙头大哥的。揾钱有很多种方法，好赌的人没有将来，这个男孩太没有出息了，你要他还是要妈妈？”

我的初恋就这样被轰散了。在一个课室也能相忘于江湖，如今回想，真是觉得受张小娴“荼毒”甚深。如果妈妈还在，知道他辍学后当了叠码仔，没几年就住上豪宅凤凰层，我刚读完大学，他已转行做地产发过猪头，在最近的股市动荡中，还意气风发地在微信群组抛出一个个投资贴士，越活越坚韧高傲，她会不会捶胸顿足？

当年和他绝交后，我便开始替小孩补习赚零用钱。初中时代，仍然经常和朋友去莲花路，游走那些水泄不通的小巷。沿路尽是冰糖葫芦、砵仔糕、麦芽糖、手揸雪糕、烤鱿鱼、臭豆腐、腌渍水果等传统古早味小食。音响店高声播放《梦中人》、*My heart will go on*、电视剧主题曲、罗大佑的歌，每走几步就换一种节奏。

我们最常帮衬万景城里贴着王菲海报的那间美甲店，忍受着刺鼻的药水味，松松十个指头，涂上流行的颜色。第一次拉直发，是在上世纪九十年代创立的名师名店里，烫好那刻简直觉得自己是美少女战士火野丽。

后来，包罗万象的地下商场应运而生，老师常常推介我们去万佳百货附近的文华书城打书钉。地下商场有个出口直抵那里，自此我们便不再往莲花路去，齿留香餐厅便取代了路边小店。起源于四川的酸辣粉，也因应广东人的口味越煮越淡，后来还卖起了烧腊饭。其实我们一开始光顾，便已是为了情怀。

高中毕业后，不少同学升读暨南大学、中山大学、华南理工大学，想逃离原生家庭的，大多往台湾去。寒暑假回来便相约到湾仔、南屏食海鲜，“免费加工”“即买即煮”，我们费尽心思在一只只绑着蔓藤的活蟹上做记号，朵颐大嚼在澳门吃不起的姜葱炒肉蟹、辣酒花螺、椒盐濑尿虾。

再后来踏入社会，开始去华发商都、富华里、摩尔广场那边消费了，连锁餐厅就在那时遍地开花。是各有家庭或事业后，才开始在澳门相聚，席间总有人冒出一句，还是珠海好，选择多，平靓正。

或许只有我，仍然固执地光顾那间小店，美其名曰“顺便”到小店旁的代收铺取淘宝货。约会对象总不明白，常泼我冷水："澳门有那么多米芝莲餐厅，数之不尽的美食店、自助餐、酒吧，为何还特意过关食碗粉？"

如果回忆的味道可以评级，那间小店就是最高级。天下间没有什么是客观好吃。像我这种从小居住在北区唐楼的孩子，少儿时代几乎只在除夕，才会去喷水池那边倒数迎新年。对于澳门华丽的经济腾飞，可谓没有感受。

几乎整个中学时代的周末，我都待在文华书城看闲书，亲眼见证万佳百货被华润集团收购并更改名字，飞沙走石的"三不管地带"变成如今明净敞亮的边检大楼，关闸东北滩涂的鹭鸟越来越少。

金碧辉煌的娱乐城，万丈豪宅填海起，自己始终是个彻头彻尾的局外人，可是对珠海这二三十年的转变，却能拼凑出完整又美好的生活情意。珠海比起我土生土长的澳门、比起我读过四年书的台湾、比起父亲大半辈子待过的香港，更像是我的梦幻岛，在那里没有事物会迫我长大。

新冠疫情将一切困住了，以致过了两年多，我仍然未能接受那间小店已经结业的事实。我无比怀恋坐在卡位上遥想旧日的每分每秒，破碎荒凉的往往最先想起，快乐斑斓的却越来越模糊，仿佛再不写下来，就会灰飞烟灭。

我们八〇后，度过了没有高科技却不感到无聊，物资匮乏却无忧无虑的童年时代；度过了没有太多学业压力，没有什么诱惑、纷乱、苦难、干扰的少年时代；接着是急促的社会发展如同海上风暴席卷而来。还是有人如鹏鸟，随风直上九万里，更多是掉到海里万劫不复，新闻事件中出现认识的人已见怪不怪。原来躺在那水中，随波逐流也是一种幸运。

社会认为我们该有的样子，已不再像父母辈那样，仅是有个可以蜗居的地方，每个月赚取足够活命的薪金，遇到一个不反感的人凑合着过，最重要有人送终那样纯粹。

是否有车有楼、婚姻美满、儿女双全、健康丰沛、投资有道、活得体面，是八〇后成功与否的准则，任何一点儿不足都足以使我们自卑。纵使原生家庭各种不幸，任何无力向上的理由都是不合理的。

在疼痛文学陪伴下长大的我们，却要活得比谁都正能量。

过了而立之年，我决定搬离北区，越远越好，走进婚姻，生儿育女，一往无前地攀爬命运金字塔，完全不去回望自己的内心。我怕脑际闪烁无定的浮光掠影使我脆弱、畏缩、倦怠，使我没有动力守好世俗陈规，没有办法做个最寻常的母亲。

逃掉了不等于忘掉了，不愿想起的也不等于想忘光。只是万万没料到，一间小店的结业，使这场追忆来得这么突然，这么绵长，又这么暴烈。近两年，我读过最戳心的句子是，神明接住了它的人间。我很想妈妈再抱我一下。

（文题取自歌曲《这分钟更爱你》）

回谢你是勇敢和诚恳

她肚里的孩子已经九个多月了，家人朋友的关心与日俱增，校长还亲自打电话给她说，代课老师已经聘到了，学校的事她不用操心。她觉得很幸福，好像全世界都在照顾她似的，同时也越来越紧张，越来越忧郁，有时候捧着肚子说，宝宝啊，你会长得像我还是爸爸呢？像爸爸好了，你爸爸个性好，又爱我。有时候挺着肚子说，宝宝，你出来的时候我会不会痛死啊，别让妈妈痛太久喔。有时抚摸着肚子说，听说秋天出生的宝宝特别聪明。她小心翼翼地走每一步，好不容易等到预产期，终于要入院了，老公老爷奶奶每天都买一大堆东西，大包（垫被、衣物、拖鞋、尿片、外套、卫生巾、大毛巾、即弃内衣裤）小包（牙膏、牙刷、纸巾、面巾、小毛巾、婴儿沐浴露、爽身粉、宝宝衣物）地带去医院，仿佛那里是个没水没粮、寸草不生的荒漠。老公一直在产房外等待，宝宝让她痛了两天才出生，顺产，是个健康可爱的男孩子，大家都欢天喜地，眼泛泪光，争着又亲又抱。她是个孤儿，从没被人这么重视过，她觉得，是他让她如此被爱，于是她怀着感激的心，为他改了个名字，叫溢恩。蒙溢恩。

一年后，溢恩的父亲晋升经理，她正式辞去幼儿园教师一职，以照顾溢恩为生活重心。溢恩会叫爸爸妈妈了，听到自己的名字会回头，会挥手，还会自己站起来……

（或许他是个神童，或许她这辈子培育好他就够了。）

两年后，溢恩戒奶了，也已经会跑会跳会踢球了，虽然个性有点急躁，活蹦乱跳还不时跌倒，托儿所的老师说他还不够乖，但明显地比其他同龄孩子聪明一点……

（蒙特梭利那么崇高的教育理念真难实践啊。）

三年后，溢恩上幼儿园了！每天回家她都问他今天学了什么，他说得头头是道，把老师教他的都重复一遍。到了晚上，她教他唱英文歌，讲故事哄他睡……过些日子，A for apple B for boy……再过些日子，三二如六三三如九……

（原来，他已是她生命的全部。）

六年后，溢恩在原校读一年级，老师觉得他的字写得特别有风格，就选了他入书法班，不久又觉得他的运动细胞特别好，便推荐他入校队训练跑步和跳高。她也回到学校教书，教的是小学五年级……

（除了做好一个母亲，她没有其他目的。）

十二年后，溢恩考到很好的中学，品学兼优的他赢尽老师和父母的爱，学界一百米短跑冠军兼破纪录……

十五年后，溢恩在网上认识了读女校的家琪，她会写歌，会抽烟，会化妆，溢恩和她谈恋爱了，成绩一落千丈……

（是的，很多事情她根本不能控制。）

十七年后，溢恩重读高二，她辞去小学教师的工作……

十九年后，溢恩执意离开澳门，考到台湾不怎么好的私立大学，带着父亲给他的三十万台币，头也不回地飞走了……

（可能，他已无法忍受她从早到晚的关心、照顾、唠叨。）

二十年后，溢恩的爷爷过身，临终前说，几个孙儿之中，溢恩最让他骄傲，亦最让他失望。溢恩的嫲嫲抱着爷爷的骨灰回福建，不久便患了老人痴呆症，再也没有回来……

二十二年后，溢恩在台湾出车祸，躺了半个月医院，台湾的朋友去医院探访他，澳门的朋友打电话关心他，而家人却一无所知……

（会不会因为，他长大了？）

二十三年后，溢恩终于大学毕业，寄出超过四十封的求职信，但全无回音，在家待了两个月，经朋友介绍，去赌场维修角子机……

（爱子心无尽，归家喜及辰。）

二十四年后，溢恩在北区租了间房子，她打电话给他，他大声叱骂她然后挂线，她拿着汤壶在楼下等他，他视而不见，任她跟在后面，没有回过头……

（莫非，这就是龙应台所说的，目送一代人渐行渐远？）

二十六年后，溢恩结婚了，奉子成婚。和一个在赌场做文职的女人。

二十九年后，溢恩的父亲经常发烧和关节痛，看医生时，发现背部的皮肤莫名其妙地溃烂起来，预约检查，一拖就是两个半月，照了一次X光，医生就诊断为末期骨癌……

她拖着疲惫的身躯回家，此刻她想起她还有个儿子，然后用无力且颤抖的手拨了个电话。

"溢恩，有空去医院看看你爸，他好想你。好想好想你。"声音已然沙哑。

"妈呀，你知道，我儿子刚上幼儿园，老婆天天埋怨我赚的钱不够多，你也知道她的脾气，我们要供楼，要供车，还要养家，儿子想学小提琴，我一天上班十二个小时，又要轮更，不能随便请假呀，医院又不是二十四小时开放，这样吧，下礼拜三我看能不能抽时间去看爸。对了，他怎么病了啦？"

"骨癌……"

"天啊！你没搞错吧？我明天带小彬来。"

“一定要来，医生说他最多只有两个月命……”

溢恩并没有来，那天他老婆被的士撞伤，小腿骨折入院。

（俗话说，发生在别人身上的是概率，发生在自己身上的是命运。）

三十年后，她一个人生活。有时候，她会去鸭涌河公园散步，有时候，她会拿着大大的购物袋出拱北买菜，但更多时候，她只是漫无目的地在路上徘徊，由关闸步行到黑沙环，由黑沙环步行到俾利喇街，由俾利喇街步行到三角花园，希望有一天，儿子从身边经过，看看他垂垂老去的母亲……

……

她肚里的孩子已经九个多月了，家人朋友的关心与日俱增，校长还亲自打电话给她说，代课老师已经聘到了，学校的事她不用操心。她觉得很幸福，好像全世界都在照顾她似的，同时也越来越紧张，越来越忧郁，有时候捧着肚子说：宝宝啊，你会长得像我还是爸爸呢？像爸爸好了，你爸爸个性好，又爱我。有时候挺着肚子说，宝宝，你出来的时候我会不会痛死啊，别让妈妈痛太久喔。有时抚摸着肚子说，听说秋天出生的宝宝特别聪明。她小心翼翼地走每一步，好不容易等到预产期，终于要入院了，老公老爷奶奶每天都买一大堆东西，大包（垫被、衣物、拖鞋、尿片、外套、卫生巾、大毛巾、即弃内衣裤）小包（牙膏、牙刷、纸巾、面巾、小毛巾、婴儿沐浴露、爽身粉、宝宝衣物）地带去医院，仿佛那里是个没水没粮、寸草不生的荒漠，老公一直在产房外等待，宝宝让她痛了两天便出生了，顺产，是个健康可爱的男孩子，大家都欢天喜地，眼泛泪光，争着又亲又抱。她是个孤儿，从没被人这么重视过，她觉得，是他让她如此被爱，于是她怀着感激的心，为他改了个名字，叫溢恩。蒙溢恩。

一年后，溢恩的父亲晋升经理，她正式辞去幼儿园教师一职，以照顾溢恩为生活重心。溢恩从来都没有说话的欲望，别人叫他也不理睬，只会专注在旋转的玩具上，但他已经会自己站起来了……

（即使沉静内向的性格不讨喜，他仍可自由自在地活在她的爱中，如在天堂。）

两年后，溢恩已经会跑会跳会踢球了，但很奇怪，他好像特别喜欢不停地摇着椅子，目不转睛地看电视广告，而且他非常冷漠，无论她如何哄他叫他，他也不会看她一眼，也不喜欢被触摸，除了哭，从不发声。她怀疑他的听觉有问题，便带着他四处求助，却三度被医生诊断为自闭症。

“你说什么？自闭症？什么自闭症？不可能，我的孩子很健康，只是不爱说话，怎么会是病？”

“太太，自闭症的病因仍然未知……这是天生的缺憾，一千人中就有一人得这种病，谁都会有这种机会，你带他去医院评估，医院会给你转介信，让他接受适当的治疗。”

“能康复吗？”

“目前还没有办法根治这种病……亦无药可服。不过先别悲观，三岁之前不能确定的东西太多。”

她足足失眠了三个月。

（发生在自己身上的是……她不敢再想下去。或许，他只是个性不同？）

三年后，溢恩在特殊学校上课，而往那所学校需要走三条大斜坡，但即使路途那么崎岖和偏僻，她每天都坚持亲自接送。于是，溢恩就这样地每天接受着大量的物理治疗、职能治疗、语言治疗。老师说，溢恩的自理能力不错，理解能力弱了一点，和很多自闭症的小朋友一样，感觉统合失调。

（他无法拥有正常的人生了……她想。）

四年后，溢恩仍然不会说话，仍然不爱被人抱，仍然回避每一个人的眼神。他有时很乖地听从老师的指令，有时却没有原因地大吵大闹，坐立不安。奇迹在无风的夏天发生了，溢恩在音乐堂中突然发出 ba、ba、ba 的声音，她知道后开心得哭了出来，无视他的抗拒，拚命地抱着他亲……

（或许，他和外界有一种特别的相处方式？）

五年后，溢恩已经学会说好多话，但她并没有更开心，因为他只是鹦鹉学舌地重复着别人的话，不过，他已经学会分辨形状、数字、颜色。溢恩上课的时候，通常只是冷漠地望着远方，可是老师教的，他仿佛都懂一点……

（事实上，他已经很努力地活得跟大家一样。）

六年后，溢恩到了必须转校的年纪，转换新环境令他的情绪非常糟，他常常发脾气，有时哭到呕吐，老是迷路，把所有人拒之门外，足足三个月才能正常上课……

（必须活在与别人的情绪折冲的挣扎中，累死了。）

十年后，溢恩学会礼貌而机械化的基本对答，也学会了十位数的加减……

十四年后，溢恩极少再发脾气了，还学会扫地、抹台、叠衣服……

十七年后，溢恩选择学做面包，他喜欢重重复复的步骤，也很有时间观念，老师夸他学得很快，每一个步骤都不曾出错，也学会坐巴士回家……

（人人向往的自由，他不稀罕，一成不变的生活最适合他。）

二十年后，溢恩的爷爷过身，临终前说，几个孙儿之中，溢恩是他最揪心、最疼爱，亦是他付出最多的一个，我们的努力不会白费。溢恩的嫲嫲抱着爷爷的骨灰回福建，不久便患了老人痴呆症，再也没有回来……

二十一年后，溢恩毕业了，在青洲一间偏僻的西饼店做面包，月薪三千八百元……

（谁是谁的负担，与社会何干？）

二十五年后，溢恩已经学会煮饭，她吃得热泪盈眶……

二十九年后，溢恩的父亲经常发烧和关节痛，看医生时，发现背部的皮肤莫名其妙地溃烂起来，预约检查，一拖就是两个半月，照了一次X光，医生就诊断为末期骨癌……

她崩溃了，回家抱着溢恩说她不想活了，她觉得全世界都在报复她，她甚至站不起来，溢恩没有给她任何反应，也没有推开她，就这样被她抱着，静静的。

自此之后，她几乎把医院当作她的家了，而溢恩每晚下班后都会到医院探望爸爸，在爸爸化疗后装水添衣，在爸爸呕吐后清洁喂药。惊奇的是，好多东西他一学就会，简直完全不用别人照顾，而且没有迷过路。

溢恩像个机械人似的每天重复着一样的事，爸爸也像个机械人似的每天重复着一样的话："对不起，我曾经厌弃过你，对不起……很对不起……"

"以后妈妈就靠你照顾了，爸爸很快就要走了……"

"我好想抱抱你。"

丧礼上，溢恩仍是一言不发，面无表情地望着遥远的天空，可是，大家却不再觉得他冷漠。

（父兮生我，母兮鞠我。）

三十年后，她和溢恩相依为命。有时候，她会去康复机构做义工，安慰自闭症患者的家属；有时候，她会写些关于自闭症的文章投稿发表；但更多时候，她不厌其烦地陪在溢恩身边，让彼此努力寻找互相沟通的方式，她相信终有一日，他会知道他并不孤单。

——谜样的世界，你们在里面，我们进不来。或许，我永远都学不会反哺，但我永远都不会丢下你，妈妈，有你真好。

在她的梦里，他对她说。

（文题取自歌曲《重生》）

我听见了你的声音，也藏着颗不敢见的心

冬杨买了一个特价的早晨豪华套餐之后，站在巴士站附近犹豫不决。

她认为教授一定会狠狠记着入学第一天缺席的学生，但又不想在闷热的课室里吃着这顿丰盛的早餐，这真是让她非常惆怅。

忽然她如梦初醒地想起今天是何等重要的日子，便快步走回家把冷气开到十八度，用电脑迅速下载第二季第一集 *House M.D.*（豪斯医生），这是她在中学最后一个暑假里最期待的事。

看完之后她更惆怅了。两小时的课，迟到一个半小时好呢，还是缺席好呢？她左思右想，最后抱着大学教授或许会对如此具有勇气的学生另眼相看的心态，无畏地上了巴士。

她轻轻地敲了敲课室的门，庞教授笑说，这位同学比班上任何一位都还要精神饱满呢。她心想今年有福了。

课室前排靠窗的位置传来一把低哑的声音："迟到一个半小时的原因谁不想知道？"

冬杨叹气，心想这位同学心里必定异常不平衡，便戏弄他说："我在想，一个快要处决的死刑犯患了重病，医生到底该不该救，就这样坐错了巴士。"

全班都用一种怪异的目光看着冬杨，庞教授却呵呵大笑，冬杨觉得过意不去，便坦白道："买完早餐顿时记起一套美剧

开播了，便跑回家下载看。”

这次全班同学都呵呵大笑了。庞教授云淡风轻地说：“你在欲望和责任之间做了一个快乐的选择呢，可是很多时候，我们为了别人好过，不得不做违心的事啊。”冬杨想起影集的剧情，无言以对。

教授请冬杨帮他发卡片——不是他的个人卡片——卡上只有一个手写的 E-mail 地址，每位同学拿到的都不一样。

教授说：“这是我到台湾授课时跟医学系学生拿的 MSN，你们想在这门课得到额外的附加分数，就和卡片上的联络人成为好朋友啦，呵呵。”

冬杨憋不住心里的话：“这什么鬼大学必修学科啊？”

墙角戴黑框眼镜、穿着浅绿蕾丝外套的女生鄙夷地说：“嚣张！不然你以为‘人际关系与沟通’是什么？”冬杨深知不能得罪马屁精，只好乖乖闭嘴。

放学回家之后她登录 MSN，把状态故弄玄虚地改成“该不该救？”然后加了卡片上的 MSN。谁知对方的 MSN 状态更加故弄玄虚——生而为人，我很抱歉。

冬杨不知道这是太宰治的名言，心想这个人到底长得有多丑？

就在这时 MSN 弹出对话框：救谁。自以为是。无聊。

冬杨看到这句就莫名地火大，回复对方：呸，你这个易碎的小茶杯。

然后就把对方封锁了，大学生活也正式开始，没去做兼职，每天睡到黄朝白晏，早上的课几乎都翘掉，下午的课时去时不去，晚上通宵打 online game，每餐都外卖最喜欢的食物，无事可做的时候便翻开课本自习，她始终认为独处是最美好的状态，只要不危害社会，一塌糊涂的生活也是美好的，简直就是自娱自乐的极致。

两个月后的一个晚上，她看见“小茶杯”的MSN状态忧伤到无以复加，惊觉对方没有把自己封锁，又惊觉“人际关系与沟通”这学科没有课本，同学又对自己诸多不满，取不到这个附加分数似乎神仙也难救，便传了个信息：“别相信你，别理你”是什么意思？

对方传来：你。哪位。

冬杨感到非常尴尬，同时后悔自己诸事八卦自作多情，原来对方直接把自己删除了。可是为了来年不用重修，便硬着头皮打了几个字：自以为是的救世主啊！

传完这句就更加后悔，她认为活这么久没有比这更丢脸的了，谁知对方立即把自己的昵称改成“小茶杯”，并回了句：哦。小茶杯发明人。

冬杨不知如何应对，对方又传来：你。庞教授的学生吧。澳门学伴。

冬杨回复：学伴是什么？

对方传来：学习伴侣。大学习俗。台湾的。

冬杨回复：可不可以不要那么多句号？

对方传来：。

冬杨下线了，她分不清楚到底是“小茶杯”与别不同，还是台湾人都这么奇怪，可幸的是，对方并没有想象中那么难相处，而且觉得他挺可爱。

奇怪的事来了，之后整个礼拜，无论冬杨传什么信息给“小茶杯”，“小茶杯”都只是回复一个句号，追问他数十遍，他就回复数十个句号，经济时事娱乐八卦，对方依然除了句号，再无他话。

再一个礼拜句号也没有。但他仍然挂在在线，一直挂在在线。

冬杨无计可施，接着一个月都没有说话，日子也渐渐冷了。一天，她忽然兴起又登录MSN，“小茶杯”如是在线，她开启对话框：台湾上网不用钱？

一个句号传来。冬杨一如既往自言自语：金沙赌场刚开一年就翻本了，永利赌场又在动工，传闻明年就要开幕，我不想读书了。

这次比较好，有两个句号。不知不觉间，冬杨爱上了这种相处模式，并开始好奇“小茶杯”的真实面貌，想象他的人际关系，他的大学生活，喜好和习惯，她是如此专注地与他倾诉，对方理应对她无所不晓，但仍是无话可说。

冬杨曾期望过升上大学后能脱胎换骨，不再那么肆无忌惮，并尝试参加一些社团活动，但始终无法融入群体，别人愈是宽容，她愈是觉得不自在，于是又把自己孤立起来。日复一日与“小茶杯”沟通之后，她觉得这种淡定透明的感觉好极了，每一句想说的话都可以不经思索不加掩饰，每个奇怪的想法都可以讲得眉飞色舞。

说到不想读书，冬杨其实是认真考虑过的，2006年赌场渐开经济急速发展，当她知道没上大学的中学同学已经月入一万二千元，自己还在靠每月二千元的贷学金过活，毕业后很可能也投身这行，而那时候他们很可能就拥有自己的房子。她能想到最好的出路是考上公职，但这也几乎是大部分大学生的唯一目标，无论她如何任性骄纵，自知之明还是有的，所以此刻放弃学业似乎并无不妥。

大学一年级的最后一个月，冬杨爽快地办了退学手续。她想，与其在极其无聊的日子里将就活着，虚度四年还要背负十万元贷款，何不现在就断然改变。

回家后第一时间打开电脑打算告诉“小茶杯”这个明智的抉择，发现对方竟然不是在线，大半年来第一次不是在线，她有一种不好的、难以言喻的预感。她一投递履历表便得到回复，三个月后，公司安排的赌场监控员培训课程很快结束，将要开始每天工作九个半小时，每星期转更一至两次，月入一万五千元的充实生活。为了确保在没有天分的领域里不被淘汰，便朝夕埋头苦干，虚心学习，谨慎服从，并和颜悦色地和同事建立最利于工作的关系。

半年之后她已经对自己全然陌生，严重到忘了该如何独自相处，唯一没变的是总想着“小茶杯”，什么时候她期望过永远的知心好友，什么时候她期望过一个失去的原因，自己也不晓得。

但其实除了冬杨之外，所有大学同学都知道发生了什么事，她想不起他们的学伴是“小茶杯”同学，真相在校内早已传得沸沸扬扬，同学们甚至猜测这件事与冬杨有关——就在她退学那天，“小茶杯”从宿舍天台一跃而下，留下这样的一封遗书：

> 我可以轻而易举地说服一个健康的普通人，精神疾病并不存在，却没法让人理解我正在遭受的痛苦……发作的时候就像一觉醒来发现自己在一口废井内，只能自力更生而双腿动弹不得，什么都抓不紧也无法入睡，日夕就是仰望天空，暗了又亮，亮了又暗……从小到大我只想设计鞋子，每天坐两个小时公交车就是为了看街上的人的鞋子，但父母期望我成为医生，心里总是有个声音不断责骂自己，以为把所有设计图都毁了就能专注，期末考将至我已撑不下去……

冬杨对此一无所知，接着几年楼价拚命攀升，她一度以为自己聪明得不可能落入永无止境的圈套里，直至五年之后如愿存到买楼的首期，便冲动地买了北区一个二十七楼六百呎向海的三十年楼龄的单位，从此别无选择地过着永无天日的追更生活。

又过了两年，MSN 正式宣告关闭，四月八日，天色将晚，冬杨打开唯一保存的聊天记录，一页又一页地读着她曾经拥有过的慵懒、爽直、欢乐、梦想……读到凌晨三点，也搞不清楚现在到底是为了晋升到不用轮班的职级，还是为了忘却从前无所顾忌的日子，抑或为了和忽然消失的“小茶杯”永远作对，而过着这种终日忙碌、焦躁、疲乏、盲信的生活。

尽管她已面目全非，但在别人眼中她终究是成功的，现在多少人发梦都想着置业，在这百感交集的夜里，她想起与庞教授初次见面的情境，便决定参加明天的大学同学聚会，从前可没想过会有重聚的一天，可没想过生于忧患，死于安乐，可没想过自己二十七岁的人生，会是今日的模样。

（文题取自歌曲《我好像在哪见过你》）

这梦幻喧闹，打扰了

1

张开眼睛，是完全陌生的地方。

为什么我会躺在这间残旧不堪的老房子里，盖着一张又脏又臭的被子？

坐起来发现墙上有个凸起的开关，按了一下，灯亮起来。

地上堆满杂物，大多是破破烂烂的纸箱、旧报纸、塑料袋。我故作镇定，穿上地上那双橘色的夹脚拖鞋，竟然大小刚好。拉开帘子，原来天已亮了。

呃……这是什么地方？

抬头是毗连的大厦，低头亦只能看到一条狭长的街道，行人……大多是老人和小孩，双手都拿满东西，往同一个方向快速前行，不时有载满货物的电单车穿插其中。我被拐了吗？噢，或许这是个梦，或许我该去报警……这实在太荒谬了！

背后传来一声深长的叹息，我吓了一跳，立刻转过头，一位妇人从房间走出来，睡眼惺忪地说："小茹，今天想不想带货？不去的话继续睡，没关系……"

望望四周，确认没有其他人，我说："你在跟我讲话吗？为什么我会在这里？"

妇人皱了皱眉，说："小茹，你怎么了？"

我看着她："谁是小茹？我一睡醒就发现自己在这里了。这是什么地方？"

妇人一脸惊愕："你别吓我吧……小茹，你妈妈还在医院里……"

"你在跟我开玩笑吗？"我有点生气，"谁是小茹？你是不是认错人？我该离开了，再见。"

她慌张起来："喂！你想去哪里？你要去哪里？"

我稍为客气地说："我想去一下洗手间，可以吗？"

她喃喃自语："上辈子到底做错了什么事……"

到底这是什么地方？我蹲在厕所里想着，莫名其妙地害怕起来，当我洗完手望向镜子，心凉了半截，揉揉眼睛，拍拍自己的脸，打了一个深深的寒战，才发现身上穿的衣服是那么破旧，脑袋旋即一片空白，惊讶得说不出话来……这是谁？镜子里的人，是谁？

我惊恐地冲出洗手间，不小心绊到地上的杂物，整个人摔在桌子上，不敢动也哭不出来，太恐怖了！这实在太恐怖了！我该怎么办？昨天……我竟然想不起昨天……都遗失了一样……妇人扶起愣住的我，忙问痛不痛，有没有受伤，我只感到我的心脏剧烈地跳，无法思考，也无法冷静。

妇人一直陪着我，抚摸我的背，不一会儿，电话响起，她接了却没有说话，挂线后紧紧地抱着我，呜咽着说："你妈妈……你妈妈快不行了……真的快不行了……呜……我们快……快去看她……来！快！"

我回过神来，诚恳地望着她，说："请你务必要相信我，我不知道你在说什么，不知道为什么我在这里，我连你是谁都不知道……"

妇人倒抽了一口气，没等她响应，我接着说："我根本不知道我是谁！那不是我，我是说，你刚刚好像叫我……总之，我不是那个人！”

我的语气是坚定的，可是身体在发抖，完全不知道该怎样说服她。她双眼通红，抱紧我哭了起来：“没关系！没关系……真的，等一下我带你去看李医生……也许……我理解的……这没什么……我……我是芳姨啊，真的不记得？”

妇人豆大的泪水滴在我的脸颊上，又温柔地把它擦去，即使一切对我来说是那么荒谬陌生，我仍感觉到她诚挚的怜爱，这使我渐渐恢复镇定，或许这不过是冰山一角的灵异事件。墨菲定律不正是这样说吗？凡是可能出错的事，有很大概率会出错。只要具有大于零的概率，就不能够假设它不会发生。

我说：“好了，芳姨，别哭了，害我也想哭了，别哭了……”

不一会儿，她好像想起什么，突然拉着我的手跑下楼梯，在街上截了一辆的士。看她那么难过的样子，我只好静静地紧随在侧，她跟司机说：“博安医院。”

接着拉我上车，跟我说：“我带你去看妈妈！医生叫你去看她最后一面，可那不是真的，医生都说得很夸张……”

我凝重地说：“或许你没有认错人……我一觉醒来，便变成这个样子了，我无法解释，唉，算了，去吧。”

“嗯，没关系，或许见到妈妈你便会恢复正常，啊不，我是说，你便会记起这一切。”她说。

那是一间不大的医院，由三栋大楼组成，应该有二三十年历史，走廊上没有清晰的指示牌，路很复杂，护士领我们到其中一间病房。我在门前已感到一阵寒意，一个插着鼻管的妇人躺在床上，面色苍白，唇呈浅紫，样子跟芳姨有些像，我想，她便是我要见的人，我有点不知所措，心里发毛，只想尽快离开。

医生说：“她还没度过危险期，即使活下来，也可能变植物人，你们跟她说些话吧。”

芳姨非常激动，跪在床前喊：“你快醒呀！不能这样丢下小茹……她不认得你了！她恨你了！第几次了！她什么都记不起来，她不想记得你！把一切都忘了！快醒来看看她……看看她啊！快睁开眼睛，为什么这么自私，她才十几岁……没有妈妈的小孩是最可怜的……为什么这么自私啊！你就这么残忍……这么残忍……”

芳姨边喊边摇她，越来越用力，我不知如何是好。护士迫不得已把她拉开，我想我应该说些话。这时，妇人的眼睛微微抖动，一滴泪水缓慢地流出来，我靠前一步，确定没有看错，迅速喊医生来。

护士叫我们出去，芳姨大概跟她说了我的事，她们竟带我去精神科挂号，我越说不要，她们越觉得有必要，最后我屈服了，说不定有一种病，能解释我为什么占据了这个身体，而我本来的身体，此刻又在做什么呢？越想越觉得可笑。

精神科的诊室最与别不同的是，各间都是独立紧闭的，进去之前必须搜身，其他诊室甚至不用关门，还能听到医生诊症。我和芳姨坐在最后排的椅子上，一眼望去，大多是郁郁寡欢的人，表情呆滞，眼神空洞，一脸听候发落的样子。我做梦也没想到自己会在这种地方。

广播：聂依茹请到四号诊室。

芳姨对我说：“到你了。”

聂依茹。我牢记着这个名字，跟芳姨说：“你也一起进去好不好？我怕医生觉得我很严重，把我关到精神病院做电疗，会吗？如实说不会有问题吗？”

芳姨拉着我的手，站起来，说：“别乱讲，你最多就是失忆，快进去吧！李医生很好的。”

护士确认我们没有携带危险物品，便打开了诊室的门，请我们随便坐，跟医生点点头便把门紧紧地关上。

这里的装潢极简约，两个小盆栽设在窗边，巨大的书架放满厚厚的文件夹和病历表，但这样布置却存在着一种说不出来的违和感。医生是个有点年纪的男人，他戴着金丝眼镜，微笑着，温柔地说：“小茹，记得我吗？我是你妈妈的主治医生。”

他不可能相信我的话了吧？假如他对我完全陌生，或许我会有勇气说出这荒谬的一切，我始终没敢直视他，极力地抑制着不安的情绪，低声说：“我不是小茹，真的不是，我……不知怎说。”

“那你是谁呢？”医生说。

芳姨摇头，说：“她早上醒来，变了个人似的，你也知道昨天发生的事……可能这件事让她失常？”

医生打断芳姨：“别乱讲。小茹，你记得昨天发生的事吗？”

我说：“我不属于这里，我对这里完全没印象，或许你觉得很荒谬，可是我也实在想不起自己的身世……这一点都不科学，但我相信我会想起来的，一定会！医生，我没有病！”

医生轻轻地把手放在我的肩上，说：“别紧张，我并没有不相信你，你可能只是短暂失忆，确诊需要仔细的评估。阿姨带你来看我，只是因为我对你的家庭背景比较熟悉，不代表你真的有病，不用太担心，说不定你明天醒来，一切就恢复了。”

我有点错乱：“不……不会恢复，我不是她，真的不是她，我一回忆就开始头痛，我不属于这里的，这里一切都很陌生，陌生的街道、陌生的步调、陌生的人群、陌生的衣着……”

医生和蔼地说：“好，好，先别激动……世上无奇不有，看你精神很好啊，哪里像有问题的呢？回去跟芳姨多聊聊，让心平静，好好休息，别想太多，先到外面坐一下吧，我有些话要跟芳姨说。”

我激动地说：“我已经二十几岁了，这个身体才十几岁！你真的有心帮助我吗？”

医生的神色变了，护士示意我先出去，我叹了一口气，快步走出诊室。大概等了十多分钟，芳姨出来了，她似乎忧心忡忡，我什么都没有问，静静地跟着她走了一段路。她买了一罐汽水给我，我想，她是我唯一能依靠的人了，我已没有其他地方可以去。

回家之后，芳姨做了两道小菜，我吃着吃着，泪水忍不住流下来。

不要哭……我对自己说。我相信只要记起自己的身世，即使没有人相信我，也能回到原来的地方去，说不定我只是跟这个女孩阴差阳错地交换了灵魂，她也可能在我那边，努力寻找着自己……

抹干泪水后，我问芳姨这是什么地方，为什么楼下整天都有那么多人朝同一个方向走。

芳姨说，这里是浮城，三面临海，我们住的地方靠近关口，所以常常看见很多人在“带货”。“带货”，即是把这里出产的东西（通常是烟酒、零食、奶粉、罐头）带过关，交到指定的店铺，便能得到酬金。邻埠是度假胜地，物价很高，政府抽税特别重，浮城许多穷苦百姓都靠“带货”赚钱，多劳多得，政府多年无法纾解民困，只好只眼开只眼闭。

我想，“带货”和走私的本质是一样的，“带货”就是廉价的走私。

医院打电话来说妇人被救回来了，我立即说要去“带货”，赚一点儿医药费，四处走走或许能想起什么。芳姨似乎看出我非常不想再去医院，便交给我门匙和证件，边离开房子边说，跟着人流就好，不懂就问人，最后她说什么，我已经听不太清楚。

一再审视镜子里的自己，思想好像也产生了变化，我想，扮演别人是一个难得的体验，不必那么悲观，然后换了一身干净的衣服，收拾好东西，鼓起勇气，准备探索这座阴森的城市。

街上依然人潮汹涌，两边都有一些店铺，没有招牌，周围堆满货物。我走向其中一间取货，老板说我非常孝顺，摸摸我的头，我笑笑不说话。他给我两袋饼干和六盒饮料，原来大家都有登记资料，不用先付钱便能拿走货品，到那边直接交货取款，方便很多。

一个大概十六七岁的男孩一直跟着我，我再三回瞪他，他也没有回避。我越走越快，他突然拍拍我的肩，问我早上怎么没来，我知道他认识小茹，便笑笑说没空，他打量了我很久，让我很不自在。

我忍不住问他："为什么一直跟着我？我跟你很熟吗？"

他说："好笑吗？依茹，倩姨还好吧？你不要太伤心了……"

我问："倩姨是谁？我只认识芳姨。"

他说："你怎么了？倩姨是你的妈妈啊。"

我说我失忆了，什么都不记得，他一点儿都不讶异，还叫我不要怕，很快我便感觉到他喜欢聂依茹，而且是青梅竹马的好朋友。

走了一段路后，他突然说："你不是小茹，失忆不是这个样子的，你完全是另一个人，为什么会这样？好奇怪。"

我把一切都告诉他，他确信不疑，而且非常担心，急得像被火烧一样，请求我尽快找回记忆，找回真正的小茹。我的心顿时踏实了不少，终于有人相信我的话了。

我想知道小茹的过去，但他似乎不太想告诉我，言谈间透露不少藏不住的爱意，他比我想象中成熟很多。我故作深情，说："你喜欢我吧？"

他慌张起来，试着扯开话题，我窃笑，他知道他上当了，浓眉大眼瞪着我："她比你可爱多了，快把她还给我！"

我们出境后就坐电梯到地下商场，那是个很大的购物中心，空气不是很流通，主要卖服饰、鞋子、名产。人们挨肩擦背，匆匆买完东西就离去，非常嘈杂，根本不能认定人潮方向，芳姨竟然放心我一个人带货，果然不相信我"完全失忆"。

我们停在一间小店门前，他拿走我手上的"货"，连同他自己的"货"，交到店里的柜台，然后把钱全给我，说是帮补倩姨的医药费。我不好意思不收，他问我要不要再走一转，多赚点钱。

"你刚叫我小茹，忘了我不是她？可能明天醒来，我就不在这里了。"

"所以你连我的名字都不想知道？你宁愿带货也不去看倩姨？小姐，你太冷漠了。"

我无辜地说："不是，我真的不知道该怎么面对这一切，芳姨和医生都不太相信我，她会相信我吗？会相信她眼前的女儿是假的，而真的那个不知所终吗？如果她听到芳姨早上对她喊的话，她铁定认为我疯了，可能又想不开做傻事，或许真正的小茹下一秒就回来了。"

他说："原来我误会你了，不如我们瞒着倩姨，你知道她病得很重，好吗？倩姨很好骗的，事实上，她也没有那么多力气揭穿你，况且她跟你不会有很多接触，一天说不到两句话……"

“好吧，算你欠我一个人情。”

“一言为定！小茹很善良，她也一定会善待你原本世界里的人。”

“哈，你叫什么名字？”

他背向我往前走，说：“吴笙。”

回到浮城，天色已暗，出境又是另一条路，我跟着他，拐过几个街口转入小巷，出来便看见运货大街，这时路灯逐一亮起，发出微弱的光线，可是依然有不少人准备“带货”过关。这样的生活到底有什么意思，住在这里的人怎么会快乐，而我，什么时候才能离开？

吴笙说转角就是芳姨的家，我有些焦躁不安。他说：“还不想回去吗？”

我停下来：“如果我以后就是这个样子，有没有可能离开这里，去别的地方生活？”

“靠什么生活？浮城虽然落后，但这里没有乞丐，像我们这些没读过书的孩子都可以赚钱，已经很不错了。以后我有能力了，就会买一栋临海的房子，养一只超级大狗……”他迷人地笑着。

这座城市真令人绝望，劳动为了吃饱，吃饱才能生活，生活就是劳动，日子一直重复，连上学都是奢侈的，仿佛不允许人们拥有别的梦想。

吴笙决定明天陪我去探望倩姨，他指着不远的巴士站，说早上九点会在那里等我。

回到芳姨的家里，她已经准备好晚餐，真的一点儿都不担心我。我把碗上的水擦干，大口大口地吃起来，这时她已经用完餐，把自己的碗筷拿进厨房，又把满满一篮衣服倒进洗衣机。我问：“妈妈怎么了？明早吴笙陪我去看她，你一起去吗？”

芳姨转过头望着我：“你全都想起来啦？太好了！吴笙这孩子总是那么乖巧贴心，真不懂你妈妈为什么不喜欢他。”

我说：“没有，下午带货时遇到他，我把一切都跟他讲了，他告诉我一些你们的事，并叫我扮作小茹去看她，说她不能再受打击。”

“嗯……也对，幸好我什么都没有说，你妈妈虽然醒过来了，但状况非常不好，或许见到你会不一样。”

“她有问我为什么不来吗？”

“没有……我在那里待了两个多小时，她始终没有开口说过一句话。”

芳姨问我要不要跟她睡，我觉得很尴尬，便说睡沙发好了，她拿了一床被子和一个枕头给我。我问她为什么这么热还要给我被子，她说小茹无论多热都会盖被子，然后默默地把它收回去了。

躺了很久仍睡不着，卡满灰尘的电风扇嗡嗡作响，一点儿都不凉，我翻来覆去，望着发霉的天花板，觉得周围都有东西注视着我。明知是风吹塑料袋的声音，我也不敢乱看，不知过了多久，芳姨从房间里走出来，把灯开了，说：“小茹，你还是没办法靠自己睡。”

“太热了，很难睡……”

芳姨递给我两粒白色的药，我问她这是什么。

她说：“想不到即使你失忆了，还是得靠它睡觉，以前你常跟我说，你的失眠是妈妈遗传的，是生理的问题而不是心理上，现在我信了。”

“这是安眠药？”

“我以为你即使忘记全世界，也不会忘了睡前要吃药，以前你曾为了得到它不惜一切……你看你左臂上的刀伤，唉……都过去了。我给你倒杯水。”

这么小的两粒药，吃了就能睡？我不觉得我需要它，便把它包到卫生纸里，随便丢到一旁。然而过了凌晨三点，强烈的焦虑感令我发疯，心跳越来越快，头越来越痛，有种末日到来的感觉。我不断告诉自己，这不是自身的问题，我没有问题，脑里仿佛有个声音响应，你需要吃药，快吃下去，吃下去，不吃就永远无法睡。

我不敢开灯，趴在地上慌张地寻找那两粒药，不小心打翻芳姨刚给我装的水，溅得满地都是，那些湿报纸让我呕心，我非常丧气，无力，仍然一张一张地把它们翻开，顾不得脏，心里只想尽快得到解脱，找到的时候一阵鼻酸，一个劲儿地把它干吞下去，随即感到眩晕，空白。一阵愉悦的感觉涌上心头，心里有个声音，说，我不想再和命运对抗了。

身体好像被什么抱着，紧紧的，暖暖的，很快我便昏昏沉沉睡去。

2

张开眼睛，我被掴了一掌。

躺在木板床上的我，盖着一张蓝色的凉被，房间很窄，而且很小，墙边落满灰尘，窗边挂满衣服，一点儿光都透不进来，空气很差，不知这是什么地方，更不知道发生了什么事，我用双手半掩着脸，望着掌掴我的妇人。

她向我咆哮：“为什么不让我死？又半个月没有睡着！难道死不了就会康复？为什么救我？我永远不会好！永远都不会好！也不会照顾你，你们一点儿都不理解我的痛苦……”

我一头雾水："你是谁？我在哪儿？"

她仿佛听不到我的话，继续痛苦地说："活着就是折磨，我很累了，你要是我，你也想死……凭什么剥夺我死的权利？"

"喂！冷静一下，我想你只是累了。"

她蹲在地上，抱着头："是太累了……对不起，小茹，我想离开了，离开这世界……没有人能理解……对不起，你要好好照顾自己……"

我全都记起来了，她是芳姨带我去医院探望的妇人，小茹的母亲。我心里有很多疑问，可一切都来不及想，只记得答应过吴笙的事。

我说："妈妈，人是求生不是求死……"

她激动地反驳："你后悔了是不是？你怕内疚是不是？你答应过让我死，求生？你这自私的小鬼！出尔反尔的自私鬼！以为我一点儿都不懂！"

她的歇斯底里让我惧怕，那抑郁的脸庞、下垂的乳房、皮肤泛起的油光、如藻的长发，强烈的体臭和口臭，无一不让我呕心，仿佛几个星期没有洗过澡，我为什么又回到这个鬼地方？实在不想面对这一切，感觉和这种人说什么都是错，谁知道她激动起来会不会便拿刀砍我？

我轻轻地走到最近门口的位置，冷静地说："你可以洗个澡吗？我可以出去一下吗？"

她说："你要去找吴笙是不是？你想谈恋爱？你不能结婚，不能生孩子，你会害了他！我也不该结婚生下你！你已遗传到我的病了，我们都不能睡，不能过正常的生活，你到我的年纪你也会跟我一样。"

我不知道该留下来陪她还是让她静一静，于是我站着不动，也不说话。她坐在木板床上用力呼吸，也不再说话。不知过了多久，她终于站起来，走向别的房间，缓缓地躺下，盖上被子，翻了个身，背向门口，一眼都没有看我。

我得把握时间找吴笙，可是很快我便迷路了，找不到运货大街，附近都是破旧的危楼。我问一个老人关口怎么走，他却把我拉到后巷，说:“快把钱拿出来！你这外地人！关口都不会去？”又用力把我推在墙上，全身上下都摸了一遍，用刀指着我，说:“不想死的话快把钱拿出来！”

“救命！救命！救命！”我拚命狂叫，随即眼前发黑，感到一阵眩晕，瞬间便没有意识了。

3

妇人从天桥楼梯上摔下来，跌落在行人道上，左脚被生锈的铁条划了一道几厘米长的伤口，满地都是血痕。一些人围了过去，我忽然在人群中转醒，整个过程不到五秒。

“还不快去看你母亲！”

我转头看见吴笙，便跟着他匆匆跑到妇人身边。她哀求我们不要带她去医院，然后用尽力气爬起来，像快要断气的人一样虚弱。吴笙扶起了她，两个人便一瘸一拐地走出人群，我仍在原地发呆，地上的血痕已经被猛烈的阳光晒干了，我才开始跑向远处的他们。

路人以奇异的目光看着我们，我怎么又回来了？

不一会儿，我们走到芳姨的家，芳姨开门看见遍体鳞伤的妇人，非常生气。我悄悄地跟吴笙说:“我又回来了，就在刚刚你叫我去看母亲时，我突然回来了，好恐怖。”

吴笙示意我别说下去，芳姨用绝望的眼神瞪着那个受伤的妇人。

“我只想买块面包，我突然想吃，玉芳，我真不是故意的。”妇人说。

芳姨一言不发，勉强为她涂上紫色的药水，我能感受到她的冷漠，她认为她又企图杀死自己。

吴笙把我拉到一旁，说：“还记得你答应过我什么吗？”

“我记得，可是我没想到情况会那么糟，我真的很抗拒与她在一起，哪怕只是眼神接触，可是没有人能拯救我，哪怕一切都不真实，我仍要装作她孝顺善良的女儿是吗？没有更好的办法吗？”

“倩姨已经渐渐好转了，你看，她会自己出街买想吃的东西，也会跟我们说话，你有什么事也可以立刻找我，不会有问题的！”他乐观地说。

接着，吴笙和我扶她回家，离开前，芳姨悄悄跟我说，不要让她吃任何药物。她忧心忡忡的样子让我更加不安。吴笙送我们到家门口后也走了，他叫我无论如何都要忍住，说很快便会再来陪我。

无可避免地，我又再与她两人共处一室。

“你怕我吗？”她对我说。

我不说话，她接着说：“我已经没救了。”然后回房间躺着。

仔细看这间房子，比芳姨那间更破旧。这里没有厨房，地上有一个用了很久的电磁炉，天花板已经发霉发黑，每部风扇的边缘都有结实的灰尘，一些零碎的蜘蛛网悬着墙角飘来飘去，洗手间并没有门，只有一块钩着天花板的百叶帘，木椅上泛黄的旧报纸有水溅过的痕迹，一些小蟑螂正在走动，地板应该被水泡过，看上去并不平坦，我想这里好几年都没有被打扫过了。

在这样的环境谁都会疯吧？我拿了一个黑色的大垃圾袋，

不管什么东西，把所能见到的杂物都丢进去，可是找遍了全屋都不见地拖和扫帚，便到洗手间盛一盘水，随便拿件旧衣服当作抹布，最后几乎用了二十件才抹完这间小小的房子。

我已累透了，太阳也下山了，还有很多地方未清洁，但我并不想停下来，停下来就开始恐惧。妇人完全没有动静，剩下的时间，我必须步步为营，仿佛稍一不慎便成惨剧，我快要神经衰弱了。

想起她是为了买面包才从天桥楼梯摔下来的，她应该很久没吃东西吧……不会饿吗？该不会绝望到以绝食来了结自己吧？我打开房门，她躺在床上背向我，一动也不动。

“喂，你要吃什么？我帮你买。”

仍然没有反应。

我把音量提高：“喂？听到我说话吗？你要吃什么？”

还是没有反应……

我的手心已开始冒汗：“妈！你睡了吗？”我心里发毛，不敢碰她，也不敢走近看她的脸。

她徐徐动了动身子，仍是背向我，缓慢地呼出一口气，说：“我也想睡……小茹，这一刻我很平静，但仍是睡不着。妈妈的身体里住了一只怪物，它不让我睡，不让我吃，不让我开心，不让我爱你……我再也不想，再也不想……屈辱地过活……”

“我完全相信你，绝对相信你啊，什么怪事我都相信，加油吧！我去买面包给你吃！”惧怕的事情没有发生，我松了一口气。

“别叫我加油……胸口好郁闷。”

“我很快就回来了，你继续休息。”我不知道她的难过从何而来。

这一次我竟然认得路，天桥底的血迹已被洗去，我在附近买了几块面包，回去时妇人仍在床上，说脚很痛没有胃口，她已经躺了七八个小时了。

“去洗澡好吗？”我说。

她没有回应，我把面包放到她伸手可及的地方，越靠近她越能闻到她奇臭无比的体味，不是没手没脚，看上去也没有问题，好好的一个人，怎会把自己弄成这样？

她忽然坐起来，一拐一拐地走出房间，脚上的伤已经溃烂到令人呕心的地步。她煞有介事地走进洗手间，我悄悄地翻开百叶帘偷看她，她正从口袋里拿出几粒药丸放到嘴里，把头伸向水龙头，喝了几口自来水，动作很快，我立刻冲过去，她纠结又带点满足的样子，我知道已经来不及了。

“终究还是受不了，我尽力了，再睡不着我宁可死！”她说。

“我只是担心你又做傻事，吃几粒不会怎样吧，睡前记得吃东西喔。”我强作镇定，微笑着说。

“什么？你让我吃药？”她很讶异。

“有问题吗？我也想睡了。”

“我这种母亲，不值得你爱，你没有错……我不值得你们为我费心，这是我一个人的事，我不想拖累大家，谁都帮不了我。对不起。一直以来都没有好好照顾你……我的错，你放弃我也是应该的。”

“你到底想怎样？说什么你都不满意，别那么敏感好不好？我累了，现在只想睡觉。”我不耐烦了。

“我知道我一切都不好……可是我就是没有办法往好的方向走！你们不会懂的……”

我回到小茹的房间，妇人递给我两粒白色药丸，我不想和她吵，二话不说吃下去。她已昏昏沉沉，神志不清，显然药效发作。

那晚我做了一个梦，关于毁灭。我和四个人被困在一间密室里，其中一个在睡觉，另外两个在吵架，墙角还有一个哭泣的娃娃，我是旁观者，并不认识他们，也听不到他们在吵什么，墙是天蓝色，地板是绿色的。

一场黑色的雾从四面八方渗进来，慢慢地包围了整间密室。我的眼睛很干涩，哭泣的娃娃首先被吞没，空气越来越少，我拚命挣扎，不断向上游，身体竟然真的向上升起。我拚命叫大家跟着我，但是没有人理我。就在这一刻，我的手脚忽然消失，于是我悬浮在半空，看见刚才吵架的人现在已抱在一起，面容扭曲地对着我笑，然后我被吞没了，世界静得仿佛只有我。

醒来的时候，脸上都是泪水。

妇人仍然躺在床上，她还在睡，很安详的样子，我第一次靠这么近去看她，原来她一点都不恐怖，如果她能放过自己，如果她是快乐的，该有多好。

门铃响了，芳姨带着一锅粥来看我们，我跟她说，我是上次妇人自杀后一天出现的那个人，不是小茹。她很惊讶，说要立即带我去看李医生，我淡定地说不用了，我大概知道怎么让小茹回来，不用担心。以为芳姨会放松一点，谁知她的脸顿时绷紧，竟然紧张到哭出来，非要带我去看李医生不可，我看见她这个样子，便改口说现在就去，现在就去……

我忽然很想吐……

4

“现在吃药都不能睡了！近来我不断回想这辈子做过的每一件事，全部都是错的。我很后悔！但一点儿用都没有，我仍要担起每一个责任，承受每一个恶果，例如生下你！”

“要不是你，我就可以安乐地离开，我不自由，我不能睡了，吃药都不能睡了……我彻底完了……”

“为什么得了癌症的总那么多人愿意支持他鼓励他陪他化疗陪他熬下去……得了忧郁症却要那么悲哀地躲起来被人讨厌被人误解只能自己熬过去……”

还未张开眼睛，已听到妇人喋喋不休，看来我已经适应了。

“我们没有支持你鼓励你陪你吗？竟然忍心说出这种话，简直完全不顾人感受……”我忍不住回应她。

芳姨咳了两声，原来她也在场。

“小茹，她又发作了，别管她，我们说什么她也听不顺耳，她需要安静，需要休息。你去带货吧，吴笙在楼下等了很久了。”芳姨冷漠地说。

芳姨对妇人说：“从来没有人不放过你，是你自己不放过自己，不肯相信我们爱你，你有认真治疗过这个病吗？总是让大家难堪。你女儿不值得你积极治疗吗？为什么不肯为她努力？稍微不如意就放弃，总是不断放弃……看看她，这是你的女儿啊！你死了她怎么办？”

妇人瞪着我们，眼泪哗哗地流，脸颊的肌肉都在抽搐，她呜咽着说：“你们真的了解这个病吗？它就是要让我不能积极，让我厌世，让我变成这个样子……我好讨厌你们！怎么能责怪我……是我想得病？如果我得的是癌症，你还会认为我狠心吗？好不公平……怎么都说不明白！”

芳姨说：“你太让我们失望了……我们都快要疯了，持续五年，自杀七次，我不知道你想怎样？你为什么要死？死了就什么都没了。”

妇人哭着说：“你们就是不承认这是病，只有病友了解病友……病就是所有负面的根源！唉……跟你们说什么都是废话，如果我说我会好好对抗这个病，那么我根本就没有患这个病……懂吗，如果我这样说医生也不会开药给我……懂吗？”

“那你到底要怎样？去死吗？”芳姨拉着我，“小茹，走吧，我不想再说了，真的很伤心，很失望，很多次了。”

“芳姨，你先走吧，我不出去了。”不知道为什么，我想留下来陪她。

看她俩一脸倦容，似乎已吵了很久，芳姨临走前叫我牢牢看着她，千万别让她吃药，可是我不懂，病了不是更应该吃药吗？芳姨后来跟我说，那是能把人吃疯的药，不是李医生开的，是她找黑市医生开的，是毒品。我仍不太懂，不过我铁定不会再跟芳姨说我不是小茹了，上次她的反应那么大，真的吓怕我了。

“喂……你要吃点什么吗？”我问妇人。

“小茹，我吃药都不能睡了，已经两个礼拜了……怎么活下去？我很想结束这一切，回到……回到你父亲的身边。”

原来小茹的爸爸已经死了？好可怜……没有爸爸，妈妈又这样。

我说：“你爱我吗？你走了，谁照顾我？”

“我比任何人都要爱你，要不是你，我不会每次都不够决绝，吃药是死不了的，我一早便知，我很后悔生下你……很后悔……我并没有照顾到你，很久以前就是你照顾我，我是你的负累，但你以后也会跟我一样，我们的身体都有怪物，不要结婚知道吗？”

“够了。你不应该跟小茹说这些话，她只是个小孩！天下间哪有母亲会对女儿说这些话？谁受得了？”我非常生气。

“什么？”

我立刻意识到刚才说错话：“什么都一样……你不应跟我说这些，太残忍了，不觉得很过分吗？我的人生是我的，我有自己的选择，你无权干涉，你不是预言家，不是病了就有权伤害人，别太自以为是！好烦。”我已经语无伦次了。

“人生是一场战争，我认命，我只是放不下你，可是当我意识到我只会给你痛苦，就真的再没有遗憾了，我这一刻比任何时候都要清醒，这一次是最后一次。”她抬头望向窗外，眼神空洞。

“你……天啊！原来你已经准备好！千万别这样做！”

“亲爱的，我想抱你，好久没有抱了……但我很臭。”她双眼通红。

我过去拥抱她，她说：“既然无论如何都要发生，就不应该让它失败那么多次……对不对？重重复复，我们都很痛苦……”

瞬间，我听懂了她的弦外之音。

小茹和芳姨是她至亲的人，无论什么理由，无论什么时候，她们都一定不会放弃她，同时她们不曾思考过这个行为，根本没有讨论的余地。可是我这个局外人看得很清楚，她的确是所有痛苦的根源，而且她自己也活得够痛苦了，七次……足足七次！或许我什么都不做，让事情发生，就能让大家以后都好过？

对。只要什么都不做。

“出去替我买个饭吧……是时候了。”她把她的钱包给我，回到自己的房间，把门锁上，说，“……再见。”

此刻我没有办法保持冷静，也没有办法留在原地，不敢想象房间里正在发生什么事。原来我不够勇敢，我把门打开，一直走，一直走……迎着风吹的方向，不知走了多久，我看见了栏杆，看见了海。

岸边有很多水甲由，它们在乳白色的巨石上聚集、爬行，非常呕心，我朝着它们走去，它们立即散开，风越来越大，我越来越冷，不断发抖，牙齿打战，我想游到对岸，离开这个地方，明明一切都与我无关！

一只水甲由从我面前经过，我毫不犹豫把它踩扁……但死了又怎样？仍在万物中占有一席之地……谁都会死，我也会死，有什么关系？我为什么要有罪恶感，它不过是亿万只昆虫中最微不足道最无益最丑的一只。不是死了更好？

现在后悔来得及吗？我应该回去吗？我很想吐。

“依茹，依茹？怎会在这里？”一个大叔问我。

“我好不舒服……你是谁？”

“哈哈！还以为我认错人呢！我是阿笙的爸爸啊，不记得啦？这里很冷，中秋刚过，你可别着凉啊。”

他脱下身上的黑色外套盖在我的肩上，摸摸我的头，说：“我在这里挖蚝啦！看，好大一桶啊！今晚来吃饭吧！太阳快要下山啰，阿笙也差不多回家了吧。”

我点头说好，接下来的时间我一定不可以让自己消失，整件事必须由我来面对。

一路上，大叔都在哼歌，他的脚步很快，回头发现我跟不上，便停下来等我，等到我了，他又开始走得很快。几分钟后，他发觉我在喘气，不好意思地说：“哎哟！平时我习惯一个人走，不好意思啊！”

简单的人往往是最快乐的，我想起吴笙的梦想，觉得这两父子真的很像。如果小茹以后可以跟他们一起生活就好了，不必再记挂她的母亲，为她伤心。

没关系，噩梦正在结束。

吴笙开门一看见我便十分开心，叫我进去坐，他的家不大，简约整齐，每个角度都是舒适的。他的母亲有着一种古典美，温婉的气质让人很想亲近，她说我很久没有上来了，一转眼也长得如此亭亭玉立。

我心想，小茹当然不常上来了，她看见这么快乐温馨的一家人，再想想她自己，心里一定不好受。

吃完饭后，吴笙送我回家，我们在运货大街走着，天黑得很明净，似乎无力承受一伙流星飞过的划痕。他忽然停下脚步，说：“想瞒到我什么时候？你什么时候回来的？”

“一切都结束了。”吃饭时他已暗示过他识穿了我，只是我不知道要怎么开口。“都结束了……”我重复，“我走后，依茹将要过她一段彷徨无助的日子，你要好好照顾她，陪着她。”

“到底发生了什么事？你在说什么？”

“倩姨已经死了。”我崩溃地哭出来，“看见她那么痛苦的样子，已经没有更好的方法了，你相信我，我只是希望大家都有好日子过，我不想小茹痛苦，不想芳姨痛苦，更不想她痛苦……她根本没有办法好起来。”

“你！你做了什么？”他拉着我拚命跑，很快便到了妇人的家，我双脚发抖，跌在地上，他说：“锁匙呢？快给我！”

“不要！”我非常惊恐地说，手脚已经僵硬，心跳很快，身体抖得更厉害，吴笙没有再说话，他紧紧地抱着我。很快我已哭湿他的肩膀，他抱得更紧，我听到他怦怦怦的心跳声，很清晰。他从我的口袋里掏出一条锁匙，把门打开，我不敢进去，身体仍在抖，他说："房门反锁了！"他拚命敲门，但一点儿反应都没有。

"倩姨！倩姨！你在里面吗？说说话呀！倩姨！"还是一点儿反应都没有。

为什么一个十几岁的男孩能这么勇敢？我真的很没用，接着我也狂敲邻居的门，路过的老太太问："怎么了？"我说："快……快报警！拜托你！"

警察很快就撞开了房门，妇人躺在地上，一地都是血和药丸，还有漂白水，她的嘴巴张开，眼睛也张着。

5

我在李医生的诊室。

"医生！"我兴奋地叫起来，"看见你真好，每次醒来都没有好事发生，这次看到你啊，简直开心到快要哭了！"他对我礼貌地微笑，就像一切都在他的预计中，我继续说："我发觉我没有一件事能记得清楚……好混乱，一直都迷迷糊糊的……其实我觉得我正在做梦，只是不能分辨是这刻在做梦，还是一直在做梦？"

"我也花了好长一段时间才能让你见到我，你已经沉睡了几个月。"他推推金丝眼镜，目光不曾离开过我。

"你是说小茹吗？不，我不是小茹……"

"我是说你。"

"我不是失忆的她，我是另一个人，二十几岁的人……李医生。"

“嗯，我知道。”

“哦？你知道？你终于都明白我了？”

他递给我一张纸，上面写着：

又是哭声，妈妈每次寻死我都会听见哭声，像猫儿被虐待般凄厉，忽远忽近，可是空荡荡的周围，什么都没看到，只好当作什么都没听见。夜很冷很黑，我又变回一只没眼帘的鬼，在芳姨的家蜷缩着，尽量活得更像空气，更像秘密。幻想旁边有一只熟睡的大狗，发霉的天花板布满星星，有一颗是母亲，她已不再痛苦。我还是睡不着。墙壁、电视、冰箱一直监视着我，脑袋越来越多奇怪的声音，第几次了，为什么不狠心一点？安眠药，又是安眠药。无止境的噩梦。没有她更好。别恨她，她爱你。哼，自私的女人。还好没事，还好没事。难道死不了就会康复？疲倦……烦躁……头痛……此刻比任何时候更能清楚地感觉到恐惧。我只想永远消失。

“这是你出现前那一晚，依茹写的。”

“好可怜的孩子！”

“依茹是多重人格患者，你是她的其中一个人格，也是最后一个出现的人格。只有你不知道其他人格的存在，你也没有名字，他们一直小心翼翼地瞒着你，你被称为‘无辜者’。不需承受痛苦，但当依茹遇到最不想面对的事情时，你便会出现。”

“医生你在说什么呢？我完全听不懂啊。”

“依茹的身体里除了你，还有三个人格。依茹的母亲死后，大家都同意人格整合，只剩下你，其他人格告诉我你不会听懂，因为你被蒙蔽得太好了，可是一切都结束了。她说她亲自跟你说会比较好，现在你愿意与他们进行内在对话吗？”

“哦？”我完全一头雾水，还有三个人和我一样？

医生叫我闭上眼睛，慢慢放松，不久，一条若隐若现的小路出现了，我仿佛掉进梦里，四围都是树，尽头有光，他叫我向前走，不要停下来，很快我便看到一个巨大的盒子，医生叫我走进去，我曾梦过这里……天蓝色墙壁，绿色的地板，医生说不要害怕。

一个女孩正在睡觉，我认得那张脸，她是依茹。

“策琳，你可以进去了。”医生说完后，一个绑马尾的女孩出现在我面前，她抱着一个宝宝，黑黑瘦瘦的。

女孩对我说：“你终于来了！欢迎你，这里是安乐窝，我们沟通和交换信息的地方，很感激你一直为大家解决问题，你很勇敢，对不起……其实你每次孤军作战，我们都知道，我们都看着，可是没有办法。”

一个男人突然出现，他说：“要怪就怪我吧！是我不让她说的，还记得吗？我们见过了，其实那不全是梦，是安乐窝的情境，策琳试图让你知道，总之，一切都是为了依茹，每当依茹被欺负，我便会立即出场保护她。”

“啊……上次我被打劫然后失去意识，就是你出场啦？”

“那次他打到劫匪跪地求饶呢！”策琳说。

“哈哈，我就是控制不住自己！上次芳姨迫你去看李医生，幸好策琳机警立即上场，不然你早就被李医生发现了，那样便没有人能面对依茹的母亲，我宁愿跟十个人打架，也不愿对着她一分钟！”他淘气地说。

“我是最早出现的人格，所以决定哪个人格出现是我的职责，你有留意她满是刀伤的左手吗？她觉得母亲变成这样是她的错，自此再发生这种事，我便让她沉睡，待她情绪好一点才让她醒来，可是情况越来越糟，依茹太压抑了。”策琳说话的语气像个领导。

那男人说：“我是复仇者，吴笙对依茹很重要，所以我从不在他面前出现。策琳和吴笙相爱多年，他们真的很登对。”

“吴笙的确挺可爱的。”我说。

策琳摸摸鼻子对我说：“你就是无辜者，主要面对她的母亲，因为没有一个人格能做这件事，总不能打她吧？我就更不能面对她了，自从我上次……你知道的，答应了让她死……所以你诞生了。”

“哦……好像有点懂，那接下来要做什么？”

“依茹遗失了太多时间，我们要逐一为她填充。”男人说。

策琳解释：“因为你的经历太重要，对她来说太沉重，你是最关键的人格，即使失败了，我还可以跟李医生商量对策。”

“我会消失？不要！现在我至少还有自己的时间……我不要消失！”我坚决地拒绝。

“世上根本没有你，也没有我……我们只是依茹分裂出来的一部分，我们都是残缺的，现在只是回归原处，依茹以后也会有你的特质，也会有大家的特质。”策琳说。

“那么我会感受到痛苦吗？”我问。

“不会，你只会感到温暖和完整。”策琳说。

“既然是这样……似乎也不能说不了。”我说。

“照着李医生的话做就好啦！他不会害我们的。”男人说。

接着大家都离开了，只剩下睡着的依茹和我，李医生叫我放松，慢慢地走向她，然后躺在她旁边……我的身体慢慢地融解，很快，她便完全把我吸入体内，我感受到一股强韧的生命力，一切都变得踏实温暖，很多画面都疯狂得像一场摇滚，我看到依茹的过去，很沉重，很沉重，我们终于合二为一。

依茹醒了，悲伤地对我说:“为什么这么狠心？”

“我只想你好过，也想你的母亲好过，七次，还不够吗？……”

“你是为了自己吧。”

“我是为了你啊！为了你的母亲，为了芳姨，也为了昊笙，根本一切都与我无关……你看不透。”

“见死不救，不承认吗？再伟大的借口都是借口，你让我的母亲去死，还有什么可说的呢？”

“小茹啊……你以后不必再面对她了，不必再受气，不必再被诅咒，不必再听她的歪理，不必再被她情绪勒索，不必再偷偷摸摸交朋友，不必再忍受那难闻的恶臭味，不必再担忧她何时又自杀，不必每晚胆战心惊地陪她失眠，不必再觉得微笑都是罪过……你完完全全自由了，无论怎么说都应该比从前快乐吧，过去的让它过去，好吗？”

“她是我的妈妈啊！即使再多理由我都不会放弃她！我不懂，救人只是瞬间，你为什么不救？或者熬过这一次她就会好，抑郁症是可以康复的你知道吗！她不会永远都是这个样子，就算是，我也爱她……你知道吗？在未得病之前她从未想过要自杀，记忆里的她总是很乐观，爱笑，勤劳，一天带货十几转，舍不得我吃一点儿苦，我好想她……呜呜……”

“我真的不觉得这个病可以康复，你听我说……”

“你根本就不觉得她也是迫于无奈，我永远都不会再让你出现！永远都不会原谅你！”她突然昏过去。此时男人闯进来叫我快逃，并告诉我一个新的人格诞生了，是个反社会的疯子，策琳也进来了，说再不走大家都会有危险，我们便跳过躺在地上的依茹，迅速离开了安全窝。

“她妈妈的死，真是我的错吗？”我问。

“我们的团队又多一个人了，哈哈。”男人说。

“看吧，我的计划成功了！李医生好烦，凭什么要我们跟一个这么懦弱的人融合？就让这个新成员好好教训他。要我与吴笙说再见，绝不可能，我比依茹完美太多，嗯哼！我跟吴笙才是天生一对！”策琳狡黠地说。

原来一切都是阴谋……

一阵莫名的寒意从脚底蔓延至我苍白的脸，他们对着我拚命嘲笑，笑得如此灿烂，如此没心没肺。

“走吧，我们去认识新成员！”男人对策琳说，随后我眼前一黑，看见依茹的身影在灰尘飞扬的噩梦中晃晃悠悠……

（文题取自歌曲《梦》）

漫长的告别是青春盛宴

题记：让爱不在意未被原谅，也不介意从前。

1

万豪轩晚宴后，我独自到对面街的利澳娱乐场等巴士，同事们眉飞色舞地邀我搭顺风车，但我累了，所以说不要。我想，使人感到孤独的，并不是与世隔绝的感觉，而是你抗拒融入群体，但不得不活在其中。

所以我只好说服自己，若聚会能让生活变得更加容易就去吧。一星期工作五天，一天工作九个半小时，时间如此长而缓慢，与同事打好关系能让一切倍感轻松。

于是踏入社会以后，我结交了不少酒友、书友、k友、网友、饭友、病友，他们各自排解了我一些漆黑的时光。对我来说，相处的模式，两个人永远比一群人有意思，每次只要有彼此都认识的人在场，我们就变得不再是我们了，即使亲如Sylvia，也不能避免。

她是一个无比世故且深具魅力的女孩，乐于与各种各样的人打交道，喜欢倾听任何人的生活琐事，或在繁杂而拥挤的中区，与陌生人坐同一桌喝咖啡，不吵不闹，悠然随性，没有她不能抽离的时刻，也没有非她不可的时刻，乐于喧嚣，也乐于寂静，仿佛可以在任何时间、任何地点突然消失而不被发现，如一缕轻烟。

而我却认为自身以外的一切都无关紧要，所以我们很适合一起居住，一起喝酒，一起吐烟圈，一起享受透明的感觉。

2

半小时过去，尽管无数辆可以到达目的地的维澳莲运在我面前呼啸而过，我仍然固执地等待车程最长的新福利28C。但上了车之后，才发现没带澳门通，而身上肯定不会有硬币，学生时代我已养成出门之前严谨过滤多余物品的习惯，越使自己轻装简行，越方便随时反抗那些校园暴戾领袖。打算向乘客换零钱时就愣了一下，平常连站位都很挤拥的巴士竟然还剩很多空位。这时司机说，见你是澳门人，没关系啦。于是我坐到末排最右的靠窗位置，从深蓝色的棉质裙里掏出黑色的iPhone 5s，点开刚下载完的《爱伦·坡惊悚小说全集》。

读到第三行时司机说总站到了。我问，不是去关闸吗？他说，你坐错方向了，这是去回力场。我一时口快说怪不得你说没关系了，想纠正这不是抱怨的时候，他竟笑说，坐着啊，都说澳门人没关系，待我抽两根烟回来。

关了灯和引擎的巴士让我感到从未有过的安全感，外边霓虹斑斓，一群花枝招展的女孩匆匆走过，与我手机屏幕映着的白生生的脸，形成鲜明的对比。

小说里疯狂的情节疯狂地吸引着我，以至外边有人把脸贴在车窗上，我仍然没有发现，直至他走上巴士轻声对我说：“喂？”

我知道他在想什么蠢事，忍笑而诡异地说：“你……居然看到我。”

他倒吸了一口气。

我镇定地睁大眼睛，也倒吸了一口气。

他确定自己撞鬼了，怯怯地低头打算拔起腿跑。

我把手机递向他："你真是有够蠢。"

他细看屏幕上的每一行字，喃喃自语："凝满血块的尸体从墙上倒下来，头上就坐着那只可怕的畜生，正张开血盆大口……哦，爱伦·坡，《黑猫》。"

竟然看几句便知道出处，不是博览群书就是同好了，这一刻，我仿如发现稀有动物那样兴奋地摸了一下他的头。

谁知他狡黠地笑了一声便跑出巴士，足足三秒，我才惊觉刚买不久的 iPhone 5s 被抢了，追出去的时候刚好撞倒正在抽烟的司机，但扶起他后，那个男孩已经跑得老远了。

3

"Sylvia，我这二十五年里无依无靠，对生活也毫无要求，突然有了想要的东西，有任何理由放弃吗？"

"你还是放弃吧。"

"除了他我谁都不要，为了他我什么都可以不要。"

"我太了解你了，你始终会受不了。"

"若你真了解我，便知道我不畏人言，也不怕受伤。"

"哈哈，有谁比我更了解你那空空的良心？"

"没错，所以没什么好怕的。"

"就是好怕，连我都快认不出你了。"

"他的世界好缤纷，一草一木都充满了爱。"

"但这从来不是你向往的。"

"这是因为你不懂得他的好，我可以伪装一辈子。"

“你就是不可以。”

“我现在很快乐。”

“你怎么让自己活在这种明媚的假象里？”

Sylvia 一直抽烟，我却只是喝酒而已，为了让自己感觉上更加健康。凌晨三点，冷风萧萧，屋外偶尔传来邻居咳嗽的声音。

4

我竟然能够忍受他一直不回信息和一直失约，从来只有我这样对别人，没有人曾这样对我，难道因果报应都是真的吗？但我就是无法停止自己一直传信息和一直邀约，因为他快结婚了。

他喜欢游泳，而且偏爱到竹湾，那个只有深水区的池。对任何运动都一窍不通的我，终于都忍无可忍，狠狠地投其所好。

现在每天下班后，我都会到他一定不会去的新花园泳池苦练，因为他有洁癖。一开始我非常害怕泡在水里，仿佛随时都有意外发生，有时忍不住幻想水底有刀片、玻璃之类的危险物，或一些未被爱过的残肢，可是我一学会换气，便真心爱上这运动了，原来灯光和水波泛动的暗影是这样美，泪流在里面也无挂碍。

自此每一夜，思念都攀附着我的身体一起坠入在水中，如同欲望和幻觉每夜都经过梦中，没有一瞬能确认自己是清醒的。

当我跃起时，便看见 Sylvia 穿着白色衬衫站在泳池边。

她说，我越看越像美高梅那个巨大水族箱里的观赏鱼。我说，一样美吗？她递给我一条毛巾，笑说，一样都失去了自由的海。

此刻我想起了《刺猬的优雅》开篇的句子：

追求晨星
在金鱼缸中
了残生

我是真的疲倦极了，这段日子有够抑压。但除了骨头，又有什么会支撑着我？

5

“他问我有什么方法可以从两个选择中，找出更好的那一个。”

“一个人在任何时刻的任何举动全是为了另一人，这样的讨好怎会失败？”

“你这是不屑我？”

“你总算得偿所愿地抢了你并不真正需要的东西。”Sylvia说得很暖，但笑得很冷。

“是总算对生活有所期待。”我点了一根烟给她。

“唉，找到房子我便会搬。”往事如烟雾纷飞。

“你到底受不了什么？我和别人的关系，和我和你的关系，有什么关系？”

“以前的你从不妥协，比如让你不自在的聚会你不会去。”

“我没有去，多数只是在外边等。”

“好想念以前那个你啊。”

“我没有话要说了。”

“给我一点儿时间去适应你已经不再重要这件事情。”

彼此都没有办法好好说话的时候，只能各自回房间抽烟喝酒，然后期盼明日的阳光把昨夜的悲冷，连同心底的阴霾悄然递送。

原来做选择是这么讨厌。

不知过了多久，天终于亮起来。泪水沿着高高的枕头见光了，而我赖以为生的幻觉，仍在。

6

Sylvia 搬走的第一夜，巨大的猎户座明亮地照耀着犬马声色的世界，我就像急需吗啡安慰的绝症患者，第一次哀伤地邀他去龙爪角看星。

停好车后才发现没有带手电筒，他毫无退意地牵起我冰冷的手，轻巧地跨过一块又一块平滑的石头。每次我差点跌倒，他都能迅速地把我扶稳，但我实在没有办法在漆黑中走梯级，稍长的草也使我惊慌，于是我甩开他的手，紧紧地抱着他，他的身体有一种非常好闻的香味。我不想再走，也不想回头，只想靠他更近更深。

他用干净而修长的手指盖着我的眼睛说，右边有草，左边是海。走了约十米便开始上梯级，他发现有点陡峭，便直接背起了我，走了几分钟后说，可以睁开眼睛了，眼前是一条 SWAROVSKI 的五角星长项链，我叹了一口气，靠在他的臂弯上。

“她也有一条，是不是？”

“不同款的。”

“你永远都不懂。”我把那条项链抛向夜空，落地的声音异常清脆。

“对不起。你喜欢星星，我没想那么多啊。”他轻咬下唇若有所思。

“不。你可以送更名贵的给她，钻石或名分，就是不能送和我一样的，这使我觉得自己可有可无。”

“你看过日出吗？”

“每个假期我几乎都待到太阳出来才睡。”

“从海平面升上来的呢？”

“没有吧。”

“活在世上都差不多一万天了，我也还没看过呢。”

“你可以不回去，到天亮？”

“这里只有满天的星星和我们，你看，手机都没有信号了。”

他执起我的手，从猎户座里拉出一个冬季大三角。当眼睛习惯了黑暗，我便凝视着他的脸，一秒都离不开，像凝视着一片平静柔和且澄蓝的湖那样，忍不住觉得幸福。他亲吻我干涸的眼睛，非常自然地边笑边数每一颗星的名字，像是让它们和我，都不再盲目无依。

如果那夜我没有坐错车或没有那么贪婪，如果那夜他没有看到我或没有那么任性，如果那夜彼此跑到东望洋没有重遇，那场邂逅不曾发生……

“我看到七姐妹星团了！”

“怎么可能？”他曾说过，那是被喻为天上最美的首饰。

“有呢。”他从后抱着我，以食指指向天空，“金牛座里，看到吗？”

“太多了，哪一颗？”我用力闭上眼睛又睁开。

“微红的那颗，看到吗？初次见它让我想起初次见你。”

“唉，有时你太暖了，暖到在没有你的冬夜，会失去求生欲望。”

“对不起。”

“没关系。虽然我会想念不怕冷的日子，但远没有想你时快乐。”

他伏在我的腿上，面向着星空，像一个小孩那样不知不觉睡去。

可不可以就这样过一辈子？

以一种极度抑压的方式去爱，累了倦了仍冲锋陷阵，头破血流也无怨无悔，换来一个满意的结局，又何错之有？我反复自问，直到火红的太阳自海平面缓缓升起，穿透苍茫的晨曦。

7

他说，被揭穿的那一刻竟是释然，像潜逃已久的罪犯终被擒获。

她说，她会笑着祝福我们，但想和我见一面。

终于都赢了吗？

8

情人节前三天的黄昏只有六摄氏度。

我拿着一瓶冰水，走到水塘上吹风吹到四肢僵硬，腰背发麻，然后把它大口大口灌下，让心脏跳得更加轻微，血液流得更加缓慢，仍不能减轻锥刺的余痛。

一直以来，为了能更专注地得到他，我都想方设法地忽视她的存在，也绝不会去猜她是一个怎样的女孩，若她太好，我会退缩；若她不好，我会内疚。

但我如今没有一秒能不想她。她坚定而空灵的眼睛将永远扰攘着我，在我最幽暗的心底里熠熠生辉。

那一天，她踩着一双高筒过膝的平底靴，非常缓慢地向我走来，她直视我微红的面颊第一句就说对不起，然后把头转向左下角，做了一个瞪我的姿势，又把头转回去，平静得不可思议。

接着她说，忽然有一天，视野中央就黑了一片，以为是工作太累，但请了几天假休息也不见好，详细检查后才知道是因为视网膜脱落了一部分，那时她在婚纱店任外拍摄影师，所以很快便失业了。

到这里，我还以为她只是一个惹人怜爱的视障女孩，但她不是。她说，那些看不见的部分，不用多久，脑内就会自动生成幻象去填补，适应以后她完全不惊慌，而且觉得，世上没有一张照片比她现在看到的更美。

这种让人窒息的乐观，不是把你净化照亮，就是让你无地自容。

那一瞬我便明白，原来他暖熙的世界和缤纷的爱，全来自她。我所爱的，不过是她映照在他身上的幻影。好不甘心，可是又有什么办法，让自己继续糊涂且义无反顾地，迷恋一个幻影？

最后她嫣然地说，澳门人大多没有个性，认识我好高兴，其实这双眼睛什么都夺不去。

和她相比，我更像一个残障的人。

9

爱他以后最怕的不是失去他，而是自己不再喜欢被孤立。

一个人的时光总是特别容易过，吃饭喝酒，读书写字，听歌看剧，随遇而安。

外面是怎样，又有什么所谓。

枉我自诩看透人世，和他告别之后竟然一秒都不想独自度过，情人节那夜我漫步到皇朝区酒吧街，今天在这里狂欢的人多半是为了取暖，而独坐一角的不是刚失恋，就是神经病吧。

打算找个偏僻的角落喝到忘记时间，一个男人拿着一瓶德国啤酒，一言不发且毫无预警地坐到我旁边，并用手肘把我的酒杯推至边缘。

努力回想这人到底是被我遗忘的哪一任时，猛然记起他其实是 Sylvia 的情人。那 Sylvia 呢？

“不知怎样才能减轻这种痛。”他说。

“不知道呢。”他以为我在敷衍他，可我却正痛。

“唉……但如果能失而复得，再痛也没关系。”

“嗯，可能因为世上也没几人能伤你的心了。”

“为什么要以假爱之名，行第三者之实……”他痛心欲绝地说道。

“关你什么事！”心情极差，不需要强颜欢笑。

“怎不关我事？如此背德你还护航？聪明如你，帮朋友也盲理了？”他尽力按捺住激动的情绪。

大抵我把刚才的感慨语气听成疑问语气了，然后我大肆嘲笑。Sylvia 为我难过，对我失望，厌弃我并搬离我，却与我殊途同归？

“你为何笑？她说因你而明晰了幸福的方向，你能不能解释一下？”

“我实在不知道你在说什么。”这样一点儿都不好笑了，他又以为我在敷衍他了。

“那你知道我们分手的原因吗？”

“也不知道，我们分开住已一段日子了。”

“她爱上了一个台湾女孩，还亲身到台北支持多元成家，实在是难以置信……”

所以那句美丽的情话，意思是因我那样虚伪地屈从于一个男人，太让她恶心，所以她不管伤到谁都不会再欺瞒任何了？

10

两个月后，我又过回从前的日子。慵懒，颓废，孤独，不再运动，不再戒烟，不再和他用同一款香水，不再喜欢下雨不带伞。

离开的时候没有指望过他会挽留，但也没想到他竟如此冷淡。就像交往时突然消失的那些瞬间，我根本是只鬼，只能待在阳光照不到的地方，倾听时间蒸发的声音，不能呼吸地一直干等，干等，干等。

所以生日前一天他传简讯给我，问有没有兴趣去横琴那个新开幕不久的海洋王国，我真觉得做梦都嫌累。

隔天他的新情人就在脸书上公开宣告他们稳定的情侣关系，是有这么一种人，生来就注定不劳而获。无论多少人为他死去活来，多少黑暗和他交错而过，他的世界却依然，始终，永远，不减绚烂。

很快我也开始约会了，对方是一个比我大七年的私家医生，至于他结婚未婚，对我是否认真，既然不在意，又何必过问。只要他愿意依从我的喜好开药给我，我便可以和他在一起很久很久。

我们第一次出行就去了海洋王国，医生以为我同情那些被雪藏的鸳鸯企鹅被操控的海豚白鲸被软禁的深海鱼类所以掉眼泪，其实我不过是想起穿着白衬衫的 Sylvia 在游泳池边对我说的话，及从前步步为营地悄悄跟着他的时光。

常听说，被背叛的人终会找到幸福，变心的人会悔恨内疚，第三者一定有报应，可我眼见的是，被背叛的人永远带着伤，变心的人一直风流快活，第三者始终有伴侣。

海洋王国，真是一个适合了结的地方。

但即使没有任何宗教能说服我，没有一份职业能改变我。最好的朋友和最爱的人，最爱的永远只是自己，片刻也不等我。我仍会把自己照顾妥当，偏执地喂养那些尚未止血的妩媚柔软的伤。

也许无法接受的，只不过是，幻觉再长，亦会终结。

（文题取自歌曲《致青春》）

（京权）图字01-2024-5375

图书在版编目（CIP）数据

自斟字唱／孟京著. -- 北京：作家出版社，2024. 12. --（澳门文学丛书）. -- ISBN 978-7-5212-3153-3

Ⅰ. I267

中国国家版本馆CIP数据核字第2024XF7454号

自斟字唱

作　　者：孟　京
责任编辑：杨兵兵
装帧设计：意匠文化 · 丁奔亮
出版发行：作家出版社有限公司
社　　址：北京农展馆南里10号　　　**邮　　编：**100125
电话传真：86-10-65067186（发行中心）
　　　　　86-10-65004079（总编室）
E-mail:zuojia@zuojia.net.cn
http://www.zuojiachubanshe.com
印　　刷：三河市北燕印装有限公司
成品尺寸：133×214
字　　数：189千
印　　张：7.75
版　　次：2024年12月第1版
印　　次：2024年12月第1次印刷
ISBN　978-7-5212-3153-3
定　　价：38. 00元

第一批出版书目

王祯宝《曾几何时》

水　月《挥手之后还会再见吗》

邓晓炯《浮城》

未　艾《轻抚那人间的沧桑》

吕志鹏《在迷失国度下被遗忘了的自白录》

李成俊《待旦集》

李宇樑《狼狈行动》

李观鼎《三余集》

李鹏翥《澳门古今与艺文人物》

吴志良《悦读澳门》

林中英《头上彩虹》

赵　阳《没有错过的阳光》

姚　风《枯枝上的敌人》

贺绫声《如果爱情像诗般阅读》

袁绍珊《流民之歌》

黄坤尧《一方净土》

黄德鸿《澳门掌故》

梁淑淇《爱你爱我》

寂　然《有发生过》

鲁　茂《拾穗集》

穆凡中《相看是故人》

穆欣欣《寸心千里》

以上按作者姓氏笔画排序

第一批出版书目

第二批出版书目

太　皮《神迹》

尹红梅《木棉絮絮飞》

卢杰桦《拳王阿里》

冯倾城《未名心情》

朱寿桐《从俗如流》

吕志鹏《挣扎》

邢　悦《被确定的事》

李烈声《回首风尘》

沈慕文《且听风吟》

初歌今《不渡》

罗卫强《恍若烟花灿烂》

周　桐《除却天边月没人知》

姚　风《龙须糖万岁》

殷立民《殷言快语》

凌　谷《无边集》

凌　稜《乜问情》

黄文辉《历史对话》

龚　刚《乘兴集》

陶　里《岭上造船笔记》

程　文《我城我书》

程祥徽《多味的人生之旅》

以上按作者姓氏笔画排序

第二批出版书目

第三批出版书目

太　皮《一向年光有限身》

李文娟《吾心吾乡》

何　贞《你将来爱的人不是我》

陈志峰《寻找远方的乐章》

吴淑钿《还看红棉》

陆奥雷《新世代生活志：第一个五年》

杨开荆《图书馆人孤独时》

李嘉曾《且行且悟》

卓　玛《我在海的这边等你》

贺越明《海角片羽》

凌　雁《凌腔凌调》

谭健锹《炉石塘的日与夜》

穆欣欣《当豆捞遇上豆汁儿》

以上按作者姓氏笔画排序

第三批出版书目

一向年光有限身
太皮 / 著
Colecção Literatura de Macau
本丛书由澳门基金会及中华文学基金会资助出版
作家出版社
吾心吾乡
李文绮 / 著
你将来爱的人不是我
寻找远方的乐章
图书馆人孤独吗
我在海的这边等你
且行且歌

第四批出版书目

李观鼎《滴水集》

李烈声《白银》

陈雨润《禅出金瓶 悟觉大观》

陆奥雷《幸福来电》

杨颖虹《小城 M 大调》

凌　谷《从爱到虚无》

袁绍珊《拱廊与灵光:澳门的 120 个美好角落》

黄文辉《悲喜时节》

梯　亚《堂吉诃德的工资》

蒋忠和《燕堂夜话》

以上按作者姓氏笔画排序

第四批出版书目

滴水集
李观鼎 / 著
诗集
Colecção Literatura de Macau
本丛书由澳门基金会及中华文学基金会策划出版

澳門文學丛书